아픈 영혼에게 들려주는

영화의 심장소리

프 롤 로 그

영화가 들려주는 내면의 소리

겨울이 되고 크리스마스가 다가오면 생각나는 영화가 있다. 추운 겨울 솜이불처럼 따뜻했던 영화, 존 터틀타웁 감독의 **〈당신이 잠든 사이에〉**를 보고는 주인공 루시 역의 산드라 블록이 너무 좋아서 그녀가 나오는 영화라면 무조건 다 챙겨보곤 하였다.

겉모습은 볼품없지만 따스한 마음씨를 지닌, 지독하게 외로운 여자 루시를 그토록 좋아했던 걸 보면 나의 내면도 꽤나 외롭고 쓸쓸했었단 생각이 든다. 그러면서도 사람과의 따스한 교류와 소통을 무척이나 갈망하였으니, 멋지고 잘생긴 능력남 형을 택하는 것이 아니라, 별로 인정을 못 받지만 속 깊고 따뜻한 마음씨의 동생에게 마음을 주는 루시와 나를 동일시하며 푹 빠졌으니 말이다.

그리고 또 한 편, 역시 크리스마스가 다가오면 꼭 생각나는 영화가 바로 **〈로맨틱 홀리데이〉**다. 환경이나 형편이 다른 두 여자가 집을 바꿔 사는 이 영화를 너무 좋아해서, 그 뒤로 낸시 마이어스 감독의 영화는 모두 챙겨보게 되었다. 시간이 흐르자 주인공 이름도 가물가물해져갔지만, 절대 잊을 수 없는 장면이 있으니, 케이트 윈슬렛이 연기한 아이리스가 옆집의 병든 할아버지를 만나고, 친해져서 대화를 나누는 장면이다.

자기 집도 제대로 못 찾던 이 할아버지는 놀랍게도, 과거 아카데미상 수상 경력에 빛나는 시나리오 작가였다. 그는 자신감이 없고, 늘 남자에게 맞춰 살던 아이리스에게 영화 목록을 주며, 이 영화들을 보라고 한다. 알고 보니 여주인공이 모두 씩씩하게, 주체적으로 자신의 삶을 살려고 하는 인물들이었다. 할아버지는 아이리스에게 말한다.

"영화에 보면 주연배우가 있고, 옆에는 친한 친구가 있기 마련이잖소. 당신은 확실히 주연배우감이요. 하지만 왜 조연인 친구 역할처럼 행동하고 있나요?"

오래도록 나는 이 대사가 마음에 남았다. 그 후로도 쭉 이 물음을 기억하고 살았던 것 같다. "내 인생의 주인공은 나야"라는 말을 중얼거리며, 자꾸만 잊어버리고 조연인 듯 행동하는 나를 돌아보곤 하였다. 두 아이를 키우며 뒤늦게 세 번의 도전 끝에 신춘문예에 당선하고, 시집을 내고, 심리학 공부를 하고, 독서모임을 하고, 또 다시 두 권의 책을 출간하기 위해 원고를 쓰고 있는 지금, 나를 이끌어온 힘은 바로 이 영화가 던진 질문이 아니었을까 하고 생각해보는 것이다.

한때 영화 모임을 한 적이 있다. 나름대로 골라서 본 영화들이, 혼자 보고 말기엔 너무 아까워 친구들을 집으로 불러 함께 영화를 보았다. 영화를 보고나서는 커피를 마시고, 음식을 나눠먹으며 각자의 느낌을 이야기하곤 하였다.

그렇게 함께 보았던 첫 번째 영화는 제임스 아이보리 감독의 **〈전망 좋은 방〉**이었다. 그리고 **〈자전거 타는 소년〉**, **〈엔젤스 셰어: 천사를 위한 위스키〉**, **〈더 헌트〉** 등 정말 좋은 영화들을 함께 보고, 서툴게나마 서로의 느낌을 이야기하곤 하였다. 그때 우리는 단지 한 편의 영화를 나눈 것이 아니라, 자신의 아픔과 슬픔, 그리고 기쁨이 묻어있는 삶을 나누었다.

소설가 레이먼드 카버는 작가를 일컬어 '타인의 심장 소리를 듣는 자'라고 말했다. 그 때 우리는 기꺼이 영화의 심장 소리, 아니 영화를 통해 서로의 심장 소리를 들었던 것이다.

나는 여기에 실린 영화들을 보고, 때로는 영화에 대해 글을 쓰면서 가끔씩 나를 찾던 불청객, 우울증이 어느 틈엔가 사라졌음을 알았다. 마음의 감기라고는 하지만, 가끔씩 나를 찾아와 괴롭히던 우울함과 무기력의 시간들이 어느새 사라지고 없었다. 돌아보니, 세상은 좀 더 밝고 따뜻한 곳, 살고 싶은 곳으로 바뀌어 있었다. 영화에는 그렇게 치유의 힘이 있는 것이다.

사람은 혼자서는 살 수 없는 동물이다. 좋은 것을 보거나, 맛있는 것이 있으면 함께 보고, 함께 먹어야 더 행복하다. 혼자 차지하는 것이 아니라, 나눌 때 기쁨이 더 커진다는 것은 진리이다. 그렇게 창조된 것이 인간이다. 하여 부끄러움을 무릅쓰고라도 나의 애정과 기쁨과 슬픔어 배어있는 영화에 대한 글들을 나만의 다락에 넣어두지 않고, 햇빛과 바람 속으로 내어놓는 것이 정말 잘한 일이 되었으면 좋겠다. 내 안의 것들을 내어놓고, 나누고, 소통할 때 아픔과 슬픔은 줄어들고 기쁨은 커진다는 진리를 다시 한 번 확인하고 싶다.

이 책에 실은 영화 목록들은, 정신이 건강하지 못하거나 어둠만을 노래한 것들은 아무리 잘 만들었다고 해도 싣지 않았다. 이유는 분명하다. 사랑하는 딸에게 보여주고 싶은 영화이며, 나의 딸 역시 내가 그랬듯, 영화를 보고나서 세상의 어둠이 아니라 빛을 더 만나기를 바라기 때문이다.

어차피 세상은 빛과 어두움이 공존하기 마련이지만, 시선이 좀 더 밝은 곳을 향한다면, 조금이라도 더 밝고 건강하게 살 수 있을 것이다. 그리고 그렇게 나의 시선이 밝고 건강해야, 어두운 구석에도 나누어 줄 에너지가 내 안에 쌓이기 때문이다. 좋은 영화들을 보고 좋은 에너지들이 번지고, 단 한 사람이라도, 단 몇 시간만이라도 더 환한 마음으로 살았으면 좋겠다.

2016. 8. 김은경

아픈 영혼에게
들려주는

…

영화의 심장소리

Picture

ONE

“마음속을 들여다 보다”

Picture

TWO

"꿈을 향해 날아 오르다"

Picture

THREE

"인생이란 경기장에서"

Picture

FOUR

"프로젝트는 계속되어야 한다"

Picture

ONE

"마음속을 들여다 보다"

타인의 내면을 투명하게 들여다볼 수 있다면 어떨까.

그 사람의 역동하는 감정을 기계장치처럼 훤하게 볼 수 있다면,

우리는 타인을 좀 더 잘 이해하게 될까?

아니, 남들은 고사하고 자기 자신을 보고, 스스로를 잘 이해하게 될까?

옛날 영화 보기

라이프 | 안톤 코르빈 감독. 2015 (미국)

이유 없는 반항 | 니콜라스 레이. 1955 (미국)

영화를 좋아하는 것은 꿈이 있기 때문이라고, 어느 작가가 말했다. 나는 이 말이, 영화나 책, 시 등등, 대체로 돈 안 되는 일에 관심이 많은 나 같은 인간을 응원하는 말로 들려서 좋았다.

어릴 때 우리 집은 약국을 하였는데, 나는 식구들이 모두 잠든 밤, 문 닫은 약국 안에서 혼자 '주말의 명화'를 보곤 하였다. 가게와 이어진 살림집 전체를 통틀어 유일하게 텔레비전이 있는 곳이었다. 때때로 영화를 보다 잠이 들면 아버지는 잠든 나를 안고 방에다 눕히곤 하셨다. 잠이 깼지만, 그냥 눈을 감은 채 자는 척하며 아버지 품에 안겨 있던 추억이 달콤하게 남아있다.

그 때 본 영화중에서 가장 기억에 남는 것은 뮤지컬 영화인 **〈남태**

평양〉이다. 내용은 어렴풋한데, 문 닫은 컴컴한 약국 안에서 혼자 눈물을 주룩주룩 흘리며 보았던 것은 또렷하다. 아마 중학교 무렵이었을 텐데, 내 감수성의 팔 할은 그 때 본 '주말의 명화'들일 것이다. 극장이나 분식집은 까진(?) 애들이나 가는 줄 알았던 시절에 누린 유일한 사치였다. 그 때의 추억 때문인지, 며칠 영화를 안보면 몸과 맘이 말할 수 없이 건조해지는 듯하다. 또한 볼만한 영화가 없을 때는 옛날 영화를 애써 찾아서 보기도 한다.

그렇게 본 영화들 중, **〈아프리카의 여왕〉**, **〈선셋대로〉**, **〈아파트 열쇠를 빌려드립니다〉**등은 정말이지 최고였다. 얼마 전, 1955년 작 **〈아프리카의 여왕〉**이 네이버 평점 1위에 올라와 있어 무척 반가웠다. 또한 **〈사랑은 비를 타고〉**나 **〈파리의 아메리카인〉**같은 뮤지컬 영화나, **〈모던 타임즈〉**를 비롯한 채플린의 영화들은 생각만 해도 가슴이 뛴다. 고전 영화들은 한 번도 나를 실망시킨 적이 없다. 실망은 커녕 배우들의 매력과 스토리에 푹 빠져 절로 감탄사를 내뱉게 하였다.

볼만한 영화가 없다고 생각될 때는 고전영화를 찾아보라. 장담하거니와 지금 보아도 흥미진진하고 재미있는 것은 물론, 인간과 삶에 대한 진지한 탐구와 품위를 지닌 근사한 영화들임을 확인할 것이다. 물론 좀 느긋한 속도와 심심한 키스씬은 감안해야겠지만, 지나치게 자극적이고 속도 빠른 요즘 영화가 어질어질하다면, 이 또한 오히려 미덕일 것이다.

스물넷에 죽어 전설이 된 배우, 제임스 딘의 마지막 모습을 담은 전기 영화 〈**라이프**〉를 최근에 보았다. 제임스 딘을 워낙 좋아했던 까닭에 꼭 보고 싶었던 영화다. 조금은 우울한 느낌의 이 영화를 보자마자 곧, 그가 주연했던 옛날영화 〈**이유없는 반항**〉을 다시 찾아보았다. 엎치락뒤치락 하는 스토리도 흥미진진했지만, 반항기 가득한 행동 속에 내심 올바르게 살고자 몸부림치는 제임스 딘의 모습은 정말 매력적이었다. 〈**이유 없는 반항**〉은 그 뒤 무수히 재생된 청춘 영화들의 전형이 되었다.

〈**라이프**〉의 주인공인 2015년의 제임스 딘, 데인 드한도 멋지지만, 1955년의 제임스 딘은 말할 수 없이 매력적이었다. 데인 드한은 지나치게 우울하고, 허무주의자인 제임스 딘을 연기했다. 하지만 실제의 제임스 딘은 훨씬 다정하고 품위 있는 인간으로 보였다. 위선적인 할리우드의 생활이 생리적으로 싫었을 뿐이다. 적어도 영화 〈**라이프**〉에서 묘사한, 제멋대로이고 충동적인 것보다는 훨씬 괜찮은 인물이었다.

그러고 보면 영화는 할리우드에서의 반항아 제임스 딘과 고향 인디애나에서의 순수한 모습을 비교하여 그의 양면을 제대로 다룬 셈이 되었다. 원래 순수한 인간일수록 현실적응이 더 힘든 법이다. 영화 〈**라이프**〉는 사진기자의 눈을 통해, 순수함과 반항이 어우러진 영원한 청춘의 아이콘을 잘 담아내었다. 제임스 딘의 새롭고 다양한 모습을 볼 수 있어서 좋았다.

다시 옛날영화 예찬론자가 되어 주장한다. 영화를 좋아하는 사람이 빼어난 고전 영화를 보지 않는 것은, 문학을 좋아하는 사람이 인류의 유산인 고전 문학을 읽지 않는 것과 같다. 그것은 손에 들면 내 것이 되는 눈앞의 보석을 본체만체하는 것과 같다.

국내에서 유독 많은 사랑을 받았던 영화 〈인턴〉에서 주인공 앤 헤서웨이가 말했다.

"잭 니콜슨, 해리슨 포드, 벤(로버트 드니로가 연기한 주인공) 같은 옛날 남자들이 훨씬 더 멋진 것 같아!"

그 말에 전적으로 동의하는 나도 이렇게 말한다.

"옛날 영화들이 훨씬, 훨씬 더 멋진 것 같아!"

천사의 몫을 훔치다

엔젤스 셰어: 천사를 위한 위스키 | 켄 로치 감독. 2012 (영국, 프랑스)

영화가 점점 이상해지고 있다. 슈퍼맨과 배트맨을 싸우게 하고, 악당들을 모아 지구를 지키는 일을 맡기는가하면(수어사이드 스쿼드), 오만과 편견에 좀비들이 득실거린다. 볼만한 영화가 없는지 잠깐 검색해보았는데, 현재 개봉이 되었거나 개봉 예정인 영화들이 죄다 이 모양이다. 앞의 두 작품은 만화가 원작이라 그렇다 쳐도 오만과 편견에 좀비를 등장시킨 것은 너무한 것 같다. 영화 한 편 보려고 극장을 찾았다가 커피만 마시고 돌아와 버렸다.

어차피 영화는 엔터테인먼트니, 오락이나 재미가 영화의 주요 기능이다. 하지만 그 이상인 영화도 있었으면 좋겠다. 요즘은 인생을 생각하게 하고, 가슴이 벅차오르는, 그런 영화는 정말이지 왜 이리 드문 걸까. 안타까운 마음을 안은 채, 이른 저녁을 먹고 한 편의 영화를 골랐다. 오래 전 극장에서 혼자 보았다가, 다시 친구들을 불러 모아 함께 보았던 영화, 바로 **〈엔젤스 셰어: 천사를 위한 위스키〉**이다.

위스키 증류소에서는 해마다 위스키 통 속의 2퍼센트 정도가 흔적도 없이 사라진다고 한다. 자연적으로 휘발되는 그만큼을 '엔젤스 셰어'(The Angels' Share), 즉 '천사의 몫'이라고 부른다는 것이다. 영화는 세계 최고의 위스키 싱글 몰트 위스키 한 통, 그리고 값을 매길 수 없는 그 위스키를 훔쳐 인생반전을 꾀하려는 사고뭉치들의 이야기이다, 혼자서는 도무지 헤어날 수 없는 구렁텅이에 빠져, 자신이 할 수 있는 몫이 전혀 없을 때에는 가능하다면 천사의 몫이라도 훔쳐야 하지 않을까. 단 그만큼의 간절함이 있다면…

태어날 때부터 밑바닥 인간이라고 정해져 있었던 것만 같은 동네 건달 로비는 곧 아빠가 될 예정이다. 감옥에서 나온 지 얼마 안 되지만 또다시 폭행사건에 휘말리게 되고, 곧 아빠가 된다는 걸 참작하여 감옥 대신 사회봉사 명령을 받는다. 로비는 친절한 봉사감독관 해리를 만나 위스키의 세계를 알게 되고, 자신에게 뛰어난 후각으로 인한 위스키 감별에 재능이 있음을 알게 된다.

얼굴의 흉터로 인해 취직조차 잘 안 되는 로비, 그가 태어났을 때부터 집안끼리 앙숙이어서 폭력이 대물림되던 이웃 간의 패싸움, 마치 덫에 걸린 짐승 같은 그에게도 탈출구는 있을까. 우여곡절 끝에 그는 천사의 몫, 세계 최고의 위스키를 얻을 기회를 만든다.

이 영화는 착한 영화다. 시작은 거칠고, 폭력과 욕설이 난무하지만, 선한 사마리아인 같은 사람들이 등장한다. 사회봉사 감독관인 해리나, 집을 무료로 쓰라고 내어주는 레이니 이모의 친구를 보며, 어쩌면 저렇게 선한 사람이 있을까 하는 생각으로, 보는 이의 마음을 말랑말랑하게 한다.

"왜 이렇게 잘해주세요?"

갓난 아들을 안은 로비가 의아한 듯이 묻는다.

"나도 어려울 때 누군가의 도움을 받았어요."

이모의 친구가 말한다. 선한 이웃들의 덕분일까. 이제는 습관적이던 싸움을 피해 힘껏 도망칠 만큼, 새사람이 되기로 결심한 로비. 간절함과 배짱으로 무장한 그에게 천사의 몫을 얻을 기회가 눈앞에 있다. 세계 최고의 위스키 한 통을 보유한 발블레어 증류소로, 괴짜 친구들과 떠나는 유쾌하고도 조마조마한 여행이 펼쳐진다.

그러고 보면 그 누구도 핑계 댈 수가 없는 것이 인생인지도 모른다. '간절히 바라고 행동하면 그 기회는 반드시 오는 게 아닌 가'라는 희망을 품게 되는 것이다. 시작은 암담하고 거칠지만, 엔딩은 한없이 따뜻하고 유쾌한 영화다.

나의 작은 도움이 절망에 빠진 누군가에게 천사의 손길로 느껴진다면 그보다 보람 있는 일은 없을 것이다. 주위를 둘러보고, 천사가 될 기회가 있다면 아주 작은 것이라도 꼭 붙들자. 그 기분은 세상에서 가장 비싼 위스키를 맛보는 이상으로 근사하지 않겠나. 영화를 보고나면 정말 좋은 사람이 되고 싶어지니, 그야말로 좋은 영화라 할 수 있겠다(로비는 결국 천사의 몫을 훔쳐 천사에게 가져다준다. 이 알쏭달쏭한 말의 뜻은 영화를 보고 나면 알게 된다).

칸 영화제 심사위원 상을 받은 작품이며, 노동자 계급을 그리는 영화의 대가로 알려진 켄 로치 감독의 작품 중 가장 따뜻한 결말을 그린 것으로 전해진다.

"I'm gonna be 500 miles..."

엔딩의 신나고 유쾌한 리듬이 아직도 귓전에 맴돈다.

직업정신에
대하여

스포트라이트 | 토마스 맥카시 감독. 2016 (미국)

『조커, 학교 가기 싫을 때 쓰는 카드』라는 동화책이 있다. 프랑스 작가 수지 모건스턴이 쓴 동화인데, 나는 제목만 들어도 어쩐지 마음이 상쾌해지는 듯 했다. 그런 카드가 있으면 얼마나 좋을까 싶어서이다. 학교 가는 것을 좋아하는 아이가 얼마나 있을지 모르겠지만, 나 역시 학교를 무척이나 싫어하는 아이였다.

초등학교 1학년 때부터 학교에 가지 않겠다고 고집을 부려서, 화가 난 아버지는 차마 귀한 딸은 때리지 못하고 가방에다 화풀이를 하셨는지, 가방을 몇 개나 새로 샀는지 모른다고 한다. 물론 나는 조금도 기억이 나지 않는다. 마냥 '순한 아이였겠지'라고 막연히 생각하던 차에, 어머니의 이 증언은 나를 당황스럽게 하였다. 하지만 돌이켜보면 나는 원칙이나 정도(正道)라는 말을 좋아하지 않는 것은 물론, 무언가에 얽매이는 것을 아주 싫어하는 사람이니 충분히 있을 법한 일이다.

크리스천이지만, 주일마다 교회 가는 것도 싫을 때가 많다. 그것이 게으름 탓인 줄 알고 자학(?)한 적도 있었지만, 타고난 기질 자체가 끊임없이 자유를 추구하고, 새로운 것에 대한 동경으로 가득한 인간이라는 것을 뒤늦게 알았다. 그럼에도 불구하고 얌전한 사람, 착한 사람이어야 함을 스스로 끊임없이 세뇌시켰으니 겉으로는 얌전하되, 내면은 억압과 갈등으로 가득한 모순 덩어리였던 것이다. 그러므로 수시로 찾아오는 우울은 어쩌면 당연한 것이었는지 모른다. 이런저런 성격검사와 심리학책들을 두루 섭렵한 끝에 나의 기질과 성향을 파악한 이후로는 한결 마음이 편해졌고, 이런 나를 있는 그대로 인정하게 되었다.

보스턴의 신문기자들이 교구 성직자들의 아동 성추행 사건을 취재하는 영화를 보고나서 왜, 문득 이런 생각들이 떠올랐을까. 기자야말로 지극히 냉철한 사고의 소유자들이 아니던가. 시인, 예술가를 비롯한 나 같은 몽상가들과는 정반대 기질의 사람들이란 것이다. 기자들의 적극성, 끈질김 등은 정말 존경스러울 정도다. 정말이지 기자는 어떤 사람들이 되는 걸까?

우리나라에서는 크게 흥행을 못했지만, 영화 **〈스포트라이트〉**는 그야말로 스포트라이트를 받은 영화다. 아카데미 최우수 작품상과 각본상을 비롯하여, 수많은 영화제에서 인정을 받았다. 그런데 미국 내 3대 신문사의 하나라는 보스톤 글로브의 **〈스포트라이트〉**팀 기자들은 스스로 스포트라이트를 받을 거라는 기대로 그 일을 하지는 않았을 것이다. 물론 뒤늦게 퓰리처상을 받는가하면, 영화로 만들어지는 영광을 누렸지만 말이다. 아카데미 시상식장에 나와 있는 실제인물, 마이크 레젠데스를 TV로 보았다. 마크 버팔로가 연기했던 스포트라이트 팀의 실제 기자이다. 조그마한 체구에 다부져 보이긴 하나, 평범한 모습이었다. 그렇게 단호하거나 기개가 있어보이지도 않았다. 그저 한 사람의 평범한 기자였을 뿐이다. 직업정신을 잃지 않은 채, 원칙과 상식대로 행동했을 뿐이다.

원칙과 상식이 깡그리 무너진 성직자의 모습과 대비해보면, 그런 평범함과 직업정신이 오히려 먹먹한 감동으로 다가온다. 기자는 기자답고, 성직자는 성직자다운 것이 그토록 어려운 일인가. 자유로움만을 추구하고 원칙과 상식을 뛰어넘고 싶어 하던 내게 그들의 직업정신은 나를 돌아보게 했고, 자유분방함에 대해 다시 한 번 생각하게 했다.

이 영화의 화두는 두 개다. 바로 타락한 성직자와 그들을 조직적으로 은폐한 거대한 종교권력이다. 스포트라이트 팀의 기자들은 이 두 가지와 싸운다. 이들의 활약을 따라가다 보면, 인간이 만든 제도 안에 갇혀 한없이 연약한 인간 존재의 무력함을 떠올리게 된다.

인간의 성(性)은 본능이고, 사랑 안에서 아름다운 것이다. 종족보존의 임무(?)를 짊어진 가장 숭고한 행위이다. 그러나 사제는 그것을 자신의 것으로 누리지 않기로 신에게 서약을 한 사람이다. 그 서약의 의미를 잊고 기억조차 하지 못하는 이들에게 어떻게 책임을 물을까? 자신의 힘과 지위를 이용하여 가장 힘없는 존재를 짓밟을 때 우리는 할 말을 잃는다. 삐뚤어진 욕망의 사제를 보며, 철저히 병든 인간의 모습을 확인할 뿐이다. 무엇보다 집단 이기주의로 진실을 가린 고위층의 위선에 맥이 풀린다.

인간이 가져야할 최소한의 양심, 그리고 원칙과 상식 위에 자유와 권리가 있다는 것을 다시 확인한다. 인간이란 한없이 연약하면서도, 한없이 큰 존재기에 그렇다. 한없이 연약한 것이 인간임을 보스톤 교구의 신부들이 가르쳐주었고, 한없이 큰 존재임을 보스톤 글로브 지의 기자들이 가르쳐주었다.

성직자들의 성추행이란 실화를 다루었기에 주제는 무겁지만, 감독의 속도감 있는 연출과 배우들의 환상적인 호흡에 시간 가는 줄 모르고 보게 되는 영화다.

신념과 가족이라는
두 마리 토끼

트럼보 | 2016. 제이 로치 감독. (미국)

1940년부터 1960년대 미국은 소련과의 냉전관계가 지속되면서 공산주의자를 탄압하는 이른바 매카시즘(McCarthyism)의 열풍이 불었다. 미국 영화계에도 큰 악영향을 미쳐서 수많은 할리우드 인사들이 반미조사위원회(HUAC)에 소환되었으며, 블랙리스트에 올라 증언을 거부한 이들은 작품 활동을 금지 당했다. 스타 작가였던 달튼 트럼보를 비롯한 할리우드 10인은 감옥에 수감되었으며, 출소 이후에도 생계유지에 큰 어려움을 겪었다.

영화의 주인공 달튼 트럼보는 20대 때 빵집에서 일하던 사람이었는데, 당시 워너브라더스와 계약을 하는 등, 가장 성공한 작가로 이름을 떨치던 중이었다. 성공한 이후에도 어린 시절 겪은 어려운 생활을 잊지 않고 특권과 불평등에 맞서 노동자와 약자의 권리를 보호하려는 정치적 소신을 펼쳤다. 당시 공산당은 불법이 아니었으며, 하나의 정당일 뿐이었고, 트럼보도 약자인 스태프들의 파업을 지지했을 뿐이었다. 그러나 그는 미국 전체에 불어 닥친 매카시즘의 광풍에 휘말려 하루아침에 나라를 팔아먹는 빨갱이, 매국노로 뭇매를 맞고 감옥생활을 하게 된다.

투옥 생활을 하고 나와서는 작품 활동을 금지 당하게 되고, 생계가 힘들게 되자 11개의 가명으로 시나리오를 썼다. 그가 친구의 이름으로 발표한 시나리오 중에는 그 유명한 **〈로마의 휴일〉**이 있다. 출소 이후에 B급 영화제작사인 킹 브라더스에 소속되어 가명으로 각종 시나리오들을 닥치는 대로 쓰게 된다. 각성제를 먹어가며 욕조에 몸을 담근 채 집필하는 모습은 무척 인상적이다. 그는 천재였지만, 그를 글에 매달리게 한 다른 하나는 먹고 사는 일의 절박함이었다.

영화에는 당시 미국 사회의 모습이 고스란히 담겨있으며, 할리우드 스타인 존 웨인, 로날드 레이건, 그리고 커크 더글라스 등의 모습이 이색적인 재미를 준다. 여기에는 예술가의 삶, 그리고 신념의 문제만이 아니라 휴머니즘, 그리고 가족애가 고스란히 담겨있다. 시대를 온몸으로 뚫고 간 영웅의 이야기가 아니라, 무지한 시대를 힘겹게 살아낸 지성인의 모습, 그리고 가족과 함께 울고 웃으며 고난의 시기를 살아낸 인간의 모습이 담겨있다. 단지 영웅의 이야기를 그려내려 했으면 마음을 적시는 감동은 적었으리라. 누구에게나 삶은, 먹고 사는 일은 비루하고도 엄숙한 것이다.

좀 엉뚱한 이야기 같지만, 나의 어릴 때 꿈은 작가의 아내였다. 내심 작가라고 말하고 싶지만, 그럴만한 재능이 있다고는 감히 생각하지 못해서 간신히 작가에다 아내라는 말을 살짝 덧붙였던 것이다. 아무래도 국어교과서에서 본 현진건의 『**빈처**』영향을 너무 많이 받은 탓 같다.

대학 연극반에서 만난 남편은, 결혼할 당시에 시골학교 교사이자 희곡작가였다. 그리고 빚을 갚기 위해 밤마다 글을 써야 하는 아주 가난한 작가였다. 실제로 글을 써서 결혼할 때 진 빚(우린 정말 무일푼으로 결혼했다)은 거의 갚았다. 덕분에 가난한 작가의 아내라는 어릴 적 꿈은 당당히 이룬 셈이다. 그러니 생계를 위해 11개나 되는 가짜 이름으로, 쓰레기 같은 작품이건 말건 닥치는 대로 글을 써야 했던 달튼 트럼보를 보며 남편의 모습이 겹치는 것은 어쩌면 당연한 일일 것이다. 다행히 남편은 트럼보처럼 예민하거나, 식구들에게 신경질을 부린 적은 없다. 하지만 적어도 절박함만은 닮아있었다.

아카데미상을 두 번이나 수상한 천재 작가 트럼보를 보면서, 신념의 문제 이상으로 삶의 무게, 가장의 무게를 생각하지 않을 수 없었다. 그리고 늘 따뜻이 남편을 지지하고 배려하는 부인 클레어 트럼보를 보면서 작가의 아내 몫도 결코 쉬운 일이 아님을 생각했다. 가족의 신뢰와 사랑이 있었기에 험난한 세월을 견디며, 가짜 이름으로라도 꿋꿋이 작품을 쓰며, 굴하지 않고 생계를 이어나갈 수 있었을 것이다.

영화는 크게 두 축으로 읽힌다. 개인의 신념과 가족의 사랑, 이 두 개의 축 속에서 트럼보는 두 가지 모두를 놓치지 않는다. 그리고 인간이라면 마땅히 두 가지 모두를 끝내 버리지 않아야함을 삶으로 보여준다. 영화의 마지막, 실제 트럼보의 인터뷰를 보면, 그가 이 두 가지를 끝내 놓치지 않았고, 가족을, 특히 딸을 얼마나 사랑했는지를 알 수 있다.

이념이 개인의 자유와 신념을 깡그리 짓밟는 광풍의 시대를 온몸으로 뚫고 나갔던, 마침내 잃어버렸던 이름을 영광스럽게 되찾는 과정이 감동적으로 그려지는 영화이다.

결과는 영광스럽지만, 과정은 비참하고 고루하였으되, 유연하고도 꿋꿋하게 그 시기를 견뎌나갔던 인간적인, 너무나 인간적인, 한 지성인의 모습을 보게 된다. 가족의 사랑이 아니었으면 그도 그 시기 수많은 동료들처럼 폐인이 되거나, 자살을 하였을지도 모른다. 삶이란 어떻게든 살아내어야 하는 것이다. 사랑하는 이들과 함께 울고 웃으며 부둥켜안은 채 말이다.

젊음은
오래 거기 남아 있거라

동주 | 이준익 감독 . 2016 (한국)

지금은 스물을 훌쩍 넘긴 아들이 초등학생이었을 때, 일기에 시를 종종 쓰곤 하였다. 짧지만 감각 있는 시들이 더러 있어 나를 흐뭇하게 하였는데, 훗날 고백하기를 단지 귀찮아서였다고 했다. 짤막하게 몇 줄 쓰면 그 날의 숙제가 해결되니까. 그 후 중학교 때 딱 한 번 교지에 시가 실린 이후로 다시는 시 따위는 쓰지 않았으며, 전공도 지극히 차가운(?) 전자공학과로 정하여서, 시인인 엄마와는 다른 족속임을 입증하였다.

지금도 영화는 꽤 좋아해서 저 나름으로 찾아보지만, 시집을 펼쳐보는 일은 단 한 번도 없다(물론 제 엄마의 시집도 포함하여). 녀석에겐 시가 그렇게 우습게 보이나 싶은 마음이 들지만, 이것이 오늘날 시의 자리인,

서글픈 현실이다.

플라톤이 논한 이상 국가에서, 시인은 추방되어야 한다는 말은 아마도 옳을 것이다. 시인이란 실용성이란 면에서 도무지 꽝일뿐더러, 대개 자신만의 세계에 푹 빠져있기 일쑤여서 도대체 쓸데라고는 없어 보인다. 하지만 세상에서 쓸모없는 것을 모조리 빼고 나면, 쓸모 있는 것 역시 소용없어질 거라는 장자의 말을 떠올려본다(장자의 『빈 배』 편을 읽고 엄청난 위로를 받았던 기억이 있다).

예술, 혹은 문학 중에서 가장 쓸모없고도 아름다운 것이 시가 아니던가. 이준익 감독의 영화, **〈동주〉**는 한 편의 시처럼 아름다운 흑백영화다. 세상을 바꾸지 못할 거면 문학이 무슨 소용이냐고 묻는 사촌 송몽규에게 윤동주가 말한다.

"시도 자신의 생각을 펼치기에 부족하지 않아."

부드럽지만 단호한 목소리다. 송몽규는 산문, 혹은 행동을 대표하는 인물, 윤동주는 시, 사색을 대표하는 인물일 터이다.

스물여덟에 일본 후쿠오카의 차가운 감옥에서 생체실험으로(추측이지만) 목숨을 잃은 윤동주는, 그래서 어두운 시대에 가장 맑고 찬란한 젊음의 상징, 저항의 상징으로 남았다. 그가 생전에 간절한 마음으로 발간되기 원했던 시집은, 그 염원을 알고 소중히 여긴 이들에 의해 세상에 나왔다. 이른바 유고시집이다. 그가 시집 맨 앞에 쓴 서시, **〈하늘과**

바람과 별과 시〉는 한국인들이 가장 사랑하는 시로 남아있다.

그의 생애와 그의 시를 생각하면 못내 가슴이 먹먹하고 아프다. 한없이 슬퍼지면서도 마음이 그만큼 맑아짐을 느끼니, 이런 게 바로 시의 힘이 아니던가.

또 한 명의 아름다운 청년 몽규는 동주에게 말한다.

"니는 시를 계속 써라. 총은 내가 들 거니깐."

혁명과 시, 시와 혁명은 양극단에 있는 전혀 다른 단어이면서도 어쩐지 다른 것 같지 않다. 혁명은 삶으로 쓰는 시이고, 시는 마음으로 표현하는 혁명인지도 모른다. 그러므로 우리는 윤동주와 더불어 송몽규라는 청년, 식민지 시대의 아프고도 찬란한 이름 석 자를 오래 기억하여야 하리라.

하지만 이것이 어찌 식민지 시대에 국한된 일일까. 영화는 온갖 굴레에 갇혀, 자유를 꿈꾸나 고뇌와 아픔 속에서 방황하는 오늘의 젊은이들에게 바치는 헌사일 수도 있다. '아프니까 청춘이다' 정도가 더 이상 위로가 되지 않는 이 시대의 젊은이들에게, 아주 먼 옛날의 청춘들도 그대들처럼, 아니, 그대들보다 더 어찌할 수 없는 굴레에 갇혀 살았노라고, 그럼에도 그들의 젊음은 그토록 찬란하고 아름다웠노라고. 그토록 아름답고 찬란한 젊음이었음을 먼 후일에야 알지 모른다고.

그러므로 오늘의 청춘들에게, 아니, 시를 잊은 지 오래인 나의 아들에게, 이 아름답고도 슬픈 영화를 꼭 보라고 말하고 싶다. 우리의 역사와 옛사람들의 아픔과 체취와 고뇌를 느껴보라고 말하고 싶다. 부끄러움을 모르는 이 시대에, 한 점 부끄럼이 없기를 노래했던 시인의 생애를, 그리고 영화를 통해 나직이 들려주는 윤동주의 아름다운 시들을 마음에 깊이 느껴보라고...

마음속을 들여다 보다

인사이드 아웃 | 피트 닥터 감독, 2015 (미국)

타인의 내면을 투명하게 들여다볼 수 있다면 어떨까. 그 사람의 역동하는 감정을 기계장치처럼 훤하게 볼 수 있다면, 우리는 타인을 좀 더 잘 이해하게 될까? 아니, 남들은 고사하고 자기 자신을 보고, 스스로를 잘 이해하게 될까?

픽사의 뛰어난 애니메이션 **〈몬스터 주식회사〉**와 **〈업〉**의 감독 피트 닥터가 인간의 마음속에서 일어나는 일을 놀라운 상상력으로 구현해내었다. 아이뿐 아니라 어른에게도 애니메이션이 꼭 필요한 이유를, 애니메이션의 존재이유를 웅변적으로 말해준다.

열한 살이 된 소녀 라일리는 정든 미네소타에서 낯선 샌프란시스코로 이사 오면서 감정에 많은 변화가 생긴다. 영화는 라일리의 감정을 의인화해서 보여준다. 기쁨(Joy), 슬픔(Sadness), 버럭(Anger), 소심(Fear), 까칠(Disgust). 이렇게 다섯 가지 감정을 깜찍한 캐릭터로 등장시켰다.

낯선 상황은 자라나는 소녀에게 부정적인 감정을 더 많이 불러일으킨다. 아기 때는 배고프면 울고, 배부르면 방긋 웃을 뿐이던, 단순하기만 하던 감정이 자라면서 점점 복잡하게 분화되어간다. 이것 역시 성장의 과정이지만, 어떤 난관이나 좌절에 부딪혔을 때 일어나는 자연스러운 감정을 묻어두고 억압하기만 하면 탈이 생긴다. 라일리가 슬픔을 표현하지 않고, 억지로 괜찮은 척 할 때 기쁨이 사라지고, 다른 감정 체계 전체가 고장이 나는 것처럼.

고등학교 1학년 무렵, 아버지의 사업이 실패해서 집안의 온갖 가구에는 빨간 딱지가 붙었고, 우리 식구들은 밤중에 이사를 갔다. 그런데 나는 아무렇지도 않은 척 했다. 피아노가 어디론가 실려 나가는 걸 보고, 치기 싫었는데 잘됐다고만 생각했다. 좋아하던 이층침대는 아쉬웠지만, 대체로 덤덤했다. 그 후에도 가난에 줄곧 찌들었지만, 크게 슬퍼해본 적은 없다. 대신 이후로 나는 대체로 우울한 청소년기를 보냈다. 대학 때는 물론이고 결혼을 하고서도 우울함은 내 정서의 큰 바탕이었다. 그때 아마도 나는 아픔을 느끼지 않으려고 감정을 차단했던 것 같다.

아주 오랫동안 우울함이나 무기력이 내 정서의 하나여서, 원래 그런 사람인 줄 여기고 살았다. 하지만 지금 생각해보면 내성적인 편이었으나, 중 3 때까지는 아주 밝은 아이였다. 친구들과 장난치며 강당을

휘젓고 다녔고, 남장을 하고서 영어 연극을 했다. 소풍 가서는 전 학년을 모아놓고 장기 자랑으로 춘향을 연기하기도 했다.

아무래도 아픔을 느끼지 않으려 방어한 것이 나의 감정 체계에 고장을 일으켰던 모양이다. 마치 정든 곳을 떠나 친구와 헤어지고 좋아하던 하키도 할 수 없게 되었지만, 부모님을 걱정시키지 않으려 웃어 보이던 라일리처럼 말이다.

감정을 차단한 결과로, 나의 경우는 겨우(?) 나 자신의 우울함 정도에서 그쳤지만, '묻지 마 살인'을 비롯한 최근의 흉악 범죄들은 결국 내면의 체계가 심각하게 고장 났기 때문이 아닌가. 감정의 기능이 극단적으로 망가지면, 결국은 타인의 고통을 전혀 느끼지 못하는 사이코패스로까지 갈 수 있는 것이다.

감독은 자신의 11살짜리 딸을 보면서, 전처럼 아빠랑 놀아주지도 않고 뭔가 거리감이 생기는 걸 겪으며 아이의 머릿속에서 벌어지는 일이 궁금했다고 한다. 그 궁금증이 영화가 시작된 계기이다.

영화를 보면 심리적으로 아주 전문적이고 심도 있는 구조를 가지고 있는 것을 알 수 있는데, 이는 캘리포니아대 명예교수인 심리학자 폴 애크먼의 조언을 받은 결과이다. 덕분에 애니메이션이지만 아이뿐 아니라, 어른들도 한 번쯤은 꼭 보아야 할 영상물이 되었다. 아니, 오히려 어른들이 더 챙겨 보아야 할 목록인 것 같다. 아이들은 나름대로 이해를 할 테지만, 이 영화의 깊이 있는 내용은 많은 부분 따라잡기 힘들 테니까 말이다. 유아부터 청소년, 장년에 이르기까지 각자 다가오는 부분이 다르겠다는 생각을 해본다. 전 연령층이 보고 나름의 의미를 찾는 것이야말로 훌륭한 애니메이션의 장점일 것이다.

아무리 바쁘지만, 한번쯤은 내 마음 속 풍경을 생각해보자. 지금 내가 어떤 마음이고, 어떤 감정의 단추를 누르고 있는지 생각하고, 심호흡을 해보자. 어쩌면 나를 가장 모르는 이는 나 자신일 것이다. 아주 짧은 순간이라도 잠시 멈춰 서서 생각해본다면, 문제들은 훨씬 줄어들지 모른다. 나의 예상보다 아주 많은 부분이…

밥과 꿈

독수리 에디 | 덱스터 플레처 감독. 2016 (영국)

1988 캘거리 동계올림픽 최고의 화제는 자메이카 봅슬레이 팀과 영국의 스키점프 대표 에디 에드워즈였다. 자메이카 봅슬레이 팀의 이야기는 영화 〈**쿨 러닝**〉으로 만들어졌다.

자메이카의 유일한 참가팀이었던 봅슬레이 팀은 사상 첫 동계올림픽 은메달로 유명해졌다. '독수리 에디' 라는 별명이 붙은 에디 에드워즈는 왜 화제가 되었을까. 그것은 다름 아닌, 성적이 아니라 참가하는데 의의가 있으며, 성공보다는 노력이 중요하다는 올림픽 정신을 가장 잘 나타낸 인물이었기 때문이다.

에디는 어릴 때부터 올림픽에 나가는 것이 꿈이었다. 하지만 실력은 뛰어나지 못했다. 심지어 무릎이 안 좋아 보조기를 차고 다녔다. 보조기를 떼어낼 때 의사는 그에게 운동할 생각조차 하지 말라고 했다. 그러나 에디는 굴하지 않았다. 별 볼일 없는 실력으로 스키 대표에서 탈락하자, 스키 점프로 종목을 바꾼다. 그리고 스스로 영국의 유일한 대표가 되어, 올림픽에 나가기 위해 스키 점프대가 있는 독일로 훈련을 떠난다. 영국은 스키점프 선수가 단 한 명도 없었다.

가진 거라고는 용기와 열정 밖에 없는 에디는 딴 나라 선수들의 조롱 속에서 혼자 연습을 하고 또 한다. 스키 점프의 기본자세조차 모르는 그가 금세 난관에 부딪히는 것은 당연한 일이다. 〈**킹스맨**〉의 사랑스러운 배우 태런 애거튼이 연기하는 에디는, 어쩌면 용모도, 실력도 평균 이하로 보인다. 그는 휴 잭맨이 연기하는, 전 스키 점프 선수이자 주정뱅이인 브론슨을 만나 기본자세부터 배우게 된다. 에디의 막무가내 고집과 순수한 열정은 안하무인 난봉꾼이던 브론슨마저 그를 도와주게 만드는 것이다.

미운 오리 새끼였던 에디는 독수리처럼 날아올라 멋지게 착륙을 하고, 신나게 날갯짓을 하며 즐거워한다. 그의 즐거운 모습에 사람들은 환호한다. 메달 따위는 아무래도 좋았다. 유일무이한 영국 대표였으니, 착륙만 성공해도 영국 신기록이다.

우리의 피겨 여왕 김연아가 올림픽에서 울음을 터뜨렸던 기억이 난다. 얼마나 불안하고 압박감이 심했을까. 금메달을 따고서야 비로소 안심이 되어 참았던 것들이 왈칵 쏟아져 나왔다. 그토록 냉철해보이던, 그야말로 '멘탈 갑'이었던 그녀도 사람이었던 것이다. 아무래도 우리는 너무 성적에만 집착한다. 올림픽 정신을 잊은지 오래인 것이다.

에디 에드워즈를 언급하려면, 한결같이 지지하고 응원하던 그의 엄마를 말하지 않을 수 없다. 먹고 살 궁리나 하라고 아버지는 끊임없이 말했지만, 엄마는 한결같이 에디의 편이었다. 이 대책 없는 아들에게, 마음으로 응원한 것은 물론이고, 물질적 지원에도 할 수 있는 한 최선을 다했다. 성인이 된 아들이 현실 따위는 새까맣게 잊고 꿈을 좇아다닐 때, 그렇게 응원할 수 있는 엄마가 몇이나 될까. 아무래도 나는 자신이 없다. 우리는 이미 너무 현실에 찌들려있다. 성적에, 성공에 목매고 있는 것이다.

현재 에디 에드워즈는 '무엇을 할까? 무얼 먹고 살까?' 문득 궁금해져 검색을 해봐도 나오지 않는다. 아버지를 따라 미장이 일을 하고 있을까? 유명세로 충분히 먹고 살 정도는 되는 걸까. 유쾌하고 사랑스러운 이 영화가 끝나자마자, 이렇게 지극히 현실적인 생각만 머리를 맴돈다. 아무래도 에디 엄마의 발꿈치도 못 따라가겠다.

나이 든 에디 에드워즈의 선한 웃음이 떠오른다. 촬영장에서 휴 잭맨과 함께 찍은 사진이다. 최고의 꿈을 이룬 사람에게 "생계는 어떻게 꾸려나가시나요?"라고 묻는 것만큼 어리석은 질문이 있을까. 밥은, 어떻게든 먹는다. 아무런 꿈도, 소망도 없이 그저 밥만 먹는 것만큼 불쌍한 일은 없는 것이다.

인생은 길고,
예술도 길다

비비안 마이어를 찾아서 | 존 말루프, 찰리 시스켈 감독. 2015 (미국)

일상에 묻혀 한참 영화를 보지 못했다. 아니, 영화의 극적이거나 과장됨이 싫어서 애써 보지 않은 듯하다. 그것은 아마도 요즘 흥행몰이 중인 영화, **〈내부자들〉**을 보고 난 후의 후유증일 터인데, 그건 지나치게 잘 만든 영화였고, 과장되었으되 무섭도록 잔인한 현실이 들어있었다. 영화를 보고난 뒤 적어도 이틀 동안은 두통과 일종의 두려움에 시달려야 했다. 영화는 정서적으로 그토록 힘이 센 것이다.

이틀을 꼬박 앓고 나자, 다시는 영화를 함부로 보지 말아야겠다고 마음먹었다. 아무래도 난 너무 순진한 것 같다. 아무리 잘 만들었어도 나의 몸과 마음을 앓게 하는 것을 굳이 찾을 필요는 없는 법, 영화는 그야말로 취향대로인 것이다.

결국 고르고 고른다는 것이 다큐멘터리까지 왔다. 그리고 들어본 적이 있는 제목에다 상영 시간이 짧은 미덕까지 갖춘 영화, 그리고 이름이 어여쁘고 어딘가 신비로운 느낌이 나는 제목까지 모두 마음에 들었다.

어디선가 들어본 이름 비비안 마이어라니, 영화를 보기 전엔 무척 유명한 사진작가인 줄 알았다. 물론 지금에야 유명해졌지만, 자신이 찍은 15만장의 필름을 평생 누구에게도 보여주지 않았다니, 기인 중의 기인이다.

남자 같은 투박한 옷차림에다, 한결같이 단발머리에 펠트 모자를 쓰고, 목에는 늘 카메라를 메고 다니며, 평생 베이비시터로 생계를 꾸리며 살았던 여인. 그런데 그녀가 찍은 사진은 정말이지 멋지다. 영화에 등장하는 평론가의 말대로 유머가 있고 삶의 애환과 깊이를 꿰뚫는 듯한 사진들이다.

그녀는 지독하게 외로웠던 것 같다. 결혼을 하지 않아 가족도, 자식도 없고, 오로지 혼자다. 그 외로움 때문에 사진을 찍고 또 찍었을 것이다. 유모라는 직업을 가진 것도 사진을 찍을 수 있어서일 것이다.

그녀는 또 세상의 어둠에 집중했다. 신문의 어두운 소식, 불행한 일에 집착하였다. 비비안은 외로움과 가난, 그리고 세상과의 불화, 예민함 등등, 예술가일 수밖에 없는 성향을 다 가졌다. 놀라운 것은 그녀 주위의 그 누구도 그녀가 찍은 사진이 그토록 아름답고 멋지다는 것을 몰랐다는 사실이다.

또한 확인할 순 없지만, 베이비시터로서의 그녀는 합격점을 못 받을지도 모른다. 그토록 내면에 어두움이 있는 이가 아이들을 잘 돌보았을 지는 의문인 것이다. 실제 유모로서 그녀의 자질을 의심하는 증언까지도 등장한다.

감독인 존 말루프(우연히 경매장에서 필름상자를 헐값에 낙찰 받고, 마침내 그녀를 찾는 다큐멘터리까지 찍게 된)의 말대로, 강인하고 자유로운 여자임에는 분명하다. 또한 내면에 외로움과 어두움이 깊었으며, 자신의 일과 수집에 대한 집착이 엄청난데다 누구와도 소통하지 않았던 여자이기도 하다. 아니, 소통에 대한 갈망 때문에 그토록 사진 찍는 일에 집착하였는지도 모른다.

그녀의 쓸쓸한 노후, 그리고 죽고 난 뒤의 유명세, 전시회를 보려고 몰려든 사람들을 보면 인생에 대해, 예술에 대해 다시 한 번 생각하게 된다. 살아서는 지독하게 궁핍하고 불행했던 고흐처럼, 그녀 역시 궁핍하고 외로웠을 테지만, 그림을 그릴 때면 살아있음을 느꼈던 그 천재화가처럼, 그녀 역시도 사진을 찍을 때면 살아있는 존재로서의 충일감을 느꼈을 것이다. 그렇다면 그녀도 행복한 삶을 살았던 것이다. 입주해서 아이를 돌보아주던 부모에게 말해 휴가를 얻어, 8개월 동안 세계여행을 하며 사진을 찍었던 당당하고 자유로웠던 여인이 아닌가. 여자도 정치와 사회에 자기 의견을 가져야 한다고 인터뷰를 하고 다닌 여자가 아닌가.

다큐멘터리에도 각본과 연출이 있다. 이 말은 사실 그대로인 듯 보여도 극적인 구성과 작가의 의도, 혹은 시각이 들어있다는 것이다. 이 영화 역시 그러할 테지만(비비안 마이어의 몸값을 높이려는 상업적인 의도? 또는 오직 존 말루프의 힘만으로 그녀의 사진을 복원하고 전시회를 연 듯한 것 등등), 당분간은 다큐멘터리만 쭉 찾아보고 싶은 것은, 극영화보다는 훨씬 날 것 그대로, 인생에 대한 진솔한 이야기를 담고 있어서이다.

비비안 마이어라는, 어쨌든 자기 삶을 살다간, 좀 기이하지만, 씩씩한 한 여인을 알게 되어 좋다. 그녀처럼 비밀스럽거나, 소통이 되지 않는 삶을 살고 싶지는 않지만 말이다.

그녀는 왜 그토록 찍는 일에만 집착하고 누구에게도 보여주지 않았나를 말하지만, '그야말로 돈, 신분, 배경 그 무엇도 없던 여자가 그렇게 찍는 일 외에 달리 할 수 있는 일이 무얼까?'라는 생각을 하니, 좀 쓸쓸한 마음이 든다.

영화와 현실 사이

언터처블 : 1%의 우정 | 올리비에 나카체, 에릭 토레다노 감독. 2012 (프랑스)

미 비포 유 | 테아 샤록 감독. 2016 (미국)

전설적인 미드 **〈왕좌의 게임〉**의 주인공인 대너리스 역의 에밀리아 클라크와 **〈헝거게임〉**의 미남배우 샘 클라플린이 커플로 나오는 **〈미 비포 유〉**를 개봉관에서 봤다. 영국 작가 조조 모예스의 베스트셀러 소설이 원작인 영화다. 극장 안에는 중년의 아저씨들이 몇몇 보였는데, 아무래도 **〈왕좌의 게임〉**의 섹시한 여왕 대너리스를 보러 온 것 같았다. 아저씨들이 굳이 로맨스 물을 보러 올 리는 없으므로.

소설이 존엄사 논쟁을 불러 일으켜 더욱 유명세를 탔는데, 어찌됐든 메시지는, 이 순간의 삶을 누리고 적극적으로 자신의 삶을 살라는 거였다. 매력적인 두 배우가 커플로 등장, 영화는 달달한 로맨스의 옷을 입고 있다. 전작들과는 다른 두 배우의 변신을 보는 것이 즐겁고,

둘의 조합도 무척 어울렸다. 하지만 뭔가 아쉬웠던 것은 '사고로 전신마비가 되었으나, 그래도 돈과 사랑이 있는 남자가 선택할 것은 죽음밖에 없을까'하는 거였다.

문득 몇 해 전 보았던 프랑스영화, **〈언터처블 : 1%의 우정〉**이 생각났다. 개봉한 해에는 프랑스에서 역대 영화 중 흥행 1위를 기록했고, 우리나라에서도 많은 인기를 끌었다. 주인공이 똑같이 사고로 전신마비가 된 갑부라는 설정은 같다. 하지만 **〈미 비포 유〉**는 소설이나, **〈언터처블〉**은 실화가 바탕이다. 두 영화를 비교하는 것이 꽤나 흥미롭게 다가왔다. 전자는 사랑을, 후자는 우정을 말한다는 것도 재미있는 비교거리다.

언터처블의 주인공인 필립은 상위 1%의 부자, 또 다른 주인공 드리스는 하위 1%의 가난한 이민자다. 익스트림 스포츠를 즐기던 필립은 사고로 경추를 다쳐 목 아래가 마비된 환자다. 흑인 드리스는 세네갈에서 온 거리의 부랑아, 생활보조금으로 근근이 살아가는 빈민이다. 드리스가 돌보미로 들어오면서 둘 사이에 우정이 싹트게 된다. 필립은 자유롭고 거침없는데다, 자신을 일반인처럼 대하는 드리스에게서 해방감을 느낀다. 재미있는 것은 이 영화가 프랑스판 인간극장에 소개된 실화라는 것이다. 필립은 실제로 샴페인 회사의 경영자라고 한다.

잠시 이런 생각을 해본다. 부자인 전신마비 환자가 스위스로 가서 존엄사를 선택하는 것과, 사랑하는 여인과 결혼해서 딸을 낳아 키우는 것, 둘 중 어느 것이 더 영화적일까 하고.

죽음을 택하는 것이 현실이고, 사랑하는 여인과 결혼해서 모로코에서 사는 것이 영화 같지만, 아니다. 죽음이 영화(미 비포 유)고, 여인과 사는 것이 현실(언터처블)이다. 아이러니하게도 현실은 언제나 영화나 소설을 앞지른다.

〈미 비포 유〉에서 윌의 선택에 대해 생각해본다. 목 아래로 꼼짝을 할 수 없는 환자라면 과연 어떻게 할까. 그래도 사랑하는 여인이 있고, 휠체어 신세지만, 어디든 여행을 갈 수 있고, 간병인을 둘이나 쓸 수 있는데다 거대한 성(成)의 상속자라면. 말할 수 있고, 음악을 들을 수 있고, 공연을 볼 수 있고, 지켜보는 부모님이 있고, 무엇보다 두뇌는 그대로라면, "당신은 할 수 있는 일이 너무나 많아요"라고 말하고 싶지만, 어쩔 것인가. 직접 당사자가 되어 보기 전에는 뭐라고 할 수 있을까. 그 사람의 모카신을 신고 1마일을 걸어보기 전에는 그 사람에 대해 말하지 말라는 인디언 속담처럼.

물론 **〈언터처블〉**도 실화가 바탕이긴 하나, 많은 영화적 장치를 가지고, 영화적 요소를 가미했을 것이다. 코미디라는 장르를 택하였으니, 더욱 재미있는 영화를 만들기 위해 온갖 노력을 다했을 것이다. 마지막 장면에 등장하는 실제 드리스를 보면, 배우 오마 샤이가 연기한 것처럼 그렇게 유쾌하거나 귀여워 보이지는 않는다(휠체어를 탄 필립의 모습은 실제가 더 멋있다).

행글라이더를 타다가 사고를 당한 필립이 마비된 몸으로 다시 행글라이더에 도전하는 모습은 감동적이다. 그야말로 놀라운 인간승리다. 프랑스인 특유의 낙천성인지 자유분방함인지 모르겠으나, 중요한 것은 현실을 받아들이는 것! **〈미 비포 유〉**의 주인공 윌이 '전통과 품위의 상징인 영국인이어서 그럴 수도 있겠다'(존엄사의 권리를 택하겠다는 것)라는 생각을 슬쩍 해본다.

윌은 "현재의 자신을 받아들일 수 없다"고, "다시 한 번 파리의 카페에 가고 싶으나, 예전의 나로 그 자리에 앉아있고 싶다"고 말했다.

결국 모든 것의 열쇠는 받아들임이다. 지금의 현실을 받아들일 수 있느냐, 없느냐라는 것. 아무리 돈이 많아도, 아무리 사랑하는 사람이 눈물로 호소해도 방법이 없다. 이기적이고 오만한 선택이라고, 누군가 말을 해도 그저 본인의 선택일 뿐이다. 현실을 받아들이지 못할 때 남는 것은 죽음뿐이다.

두 영화는 로맨스와 코미디라는 각기 다른 옷을 걸쳤지만, 상황은 아주 비슷하다. 특히 사랑이든 우정이든 문화예술을 향유하는 상류층과 처음 접하는 하층민이 만났을 때의 상황이 흡사하다. 접할 기회가 없었을 뿐, 모름지기 사람이라면 누구나 예술 앞에서 일련의 감동을 받게 마련이라는 것이다.

어쨌든 **〈미 비포 유〉**는 적당히 달달한 로맨스물이나, **〈언터처블〉**은 재미와 감동이 넘치는 휴머니즘 영화다. 더구나 이 영화적인 이야기가 실화라는 데에다 더 점수를 주고 싶다. 그래서 남녀 간의 사랑 이상으로 소중한 것이 바로 우정이 아닌가 하는 생각까지 해보게 되는 것이다.

영화와 시

원스 | 존 카니 감독. 2007 (아일랜드)

오래 전, 시인 파블로 네루다가 주인공인 이탈리아 영화 **〈일 포스티노〉**를 보고나서 더 이상 영화를 보지 않아도 좋다고 생각했다. 눈을 감으면 푸른 바다가 출렁였고, 사랑을 하는 이는 누구나 시인이 될 수 있다는 걸 알았다. 그 때부터 시인 파블로 네루다를 좋아했고, 그의 시집을 읽기 시작했다. 시집 **『충만한 힘』**에 실린 시, **〈시인의 의무〉** 중에서 그는 이렇게 썼다.

그리하여, 나를 통해, 자유와 바다는
어두운 가슴에 대답해줄 것이다.

그 뒤 가끔씩 영화가 너무 좋으면 시를 썼다. 자주는 아니지만, 시를 쓸 때마다 밀려오는 감정에 비해 내가 표현할 수 있는 구절은 너무나 빈약했다. **〈아웃 오브 아프리카〉**를 보고 쓸 때가 그랬고, **〈바베트의 만찬〉**을 보고 시를 쓸 때가 그랬다.

그렇게 쓴 시들 중 일부는 나의 시집에 실려 살아남았고, 또 일부는 미발표 원고 속에 고스란히 남아 햇빛을 보지 못했다. **〈미스 페티그루의 특별한 하루〉**나 **〈시네마 천국〉**도 시집에 실려 생명을 얻었다. 시의 완성도와 상관없이 개인적으로 아끼는 영화이자 시인 **〈원스〉**나 허진호 감독의 **〈사랑〉**은 시집에서 잘려나갔다. 순전히 편집자의 취향 탓이었다. 다음은 한 때 열렬하게 좋아했던 음악영화 **〈원스〉**를 보고 쓴 시이다.

겨울 아침 히터도 제대로 틀지 않은
낡은 극장에서 아일랜드 영화를 본다.
문득 풍경 환해진다. 봄날인 듯 꽃들 피어난다.

한 그릇 더운 밥 같은, 간절한 꿈같은 사랑
지친 어깨 묻고 조용히 울던
서로의 눈 속에, 노래 속에 담긴 아픔 알아본 것뿐인데
커다랗게 선물로 남은 그런 사랑

(중략)

다시 쓰고 보니 편집에서 잘릴 만 하다는 생각이 든다. 시가 아니라 산문 같은데다가 영화를 보지 않은 이라면 대체 뭔 소린가 할 것 같다. 그래도 나는 좋다. 오래전, '마음의 숲'이라 이름 지은 나의 블로그에 영화 감상 글을 적는 일에 재미를 붙였을 때, 나는 영화의 장면들 밑에 이 시를 적어두고 스스로 흐뭇해하였던 것이다. 나름 절절한 감정으로 시를 쓴 걸 보니 아무래도 이루어지지 않은 이들의 사랑이 못내 아쉬웠던 모양이다.

내가 이 영화를 보았을 때는, 상영을 하는 곳이 딱 한 군데밖에 없었다. 독립영화나 예술영화를 주로 틀어주는 낡은 극장이었다. 개봉일이었는데, 지금은 연락도 끊어진 친구와 둘이서 추위와 냄새에 살짝 시달리면서 보았다. 그런데 영화를 보다보니 정말 봄날 꽃이라도 핀 듯 마음이 행복해졌다. 음악의 힘이 컸던 것일까?

그 때만 해도 이 영화와 주제가가 그렇게 엄청난 히트를 칠 줄은 몰랐다. 지나치게 유명해져 버려서 소중한 친구를 너무 많은 이들에게 뺏긴 듯 마음이 서운하였다. 그러고 보면 내가 참 못됐긴 하다(겉으로야 고분고분 순한 척 하지만). 내가 좋아하는 것을 많은 이들이 함께 좋아하면 기뻐해야 할 일인데, 마치 비밀 아지트를 들켜버려, 더 이상 아지트를 찾지도, 좋아하지도 않게 되어버린 격이다. 영화가 좋아서 시까지 썼으면서도 너도 나도 좋다고 하니까, 시큰둥해져 버린 것이다. 짝사랑하던 이가 고백을 해올 때 더 이상 두근거림이나 신비감 같은 것이 사라질 때의 느낌이랄까.

그러므로 이 영화 앞에서 나는 좀 미안해져야겠다. 그리고 다시 한 번 사랑을 고백해야겠다. 공연히 이 영화가 싫어져 그 뒤 나온 2편은 아예 거들떠보지도 않았다. 전문 배우가 아니라, 가수이며, 피아니스트였던 두 주인공도 1편을 찍고 연인이 되었다가, 2편을 찍고서 헤어졌다던가.

어쨌든 이 영화와 노래가 메가 히트를 치는 바람에 감독이 힘이 생겨 유명 배우들을 데리고 **〈비긴 어게인〉**을 찍을 수 있었다. 이 영화와 노래 역시 대히트를 하여 한 때는, 인기그룹 마룬 파이브의 리더 애덤 리바인(키이라 나이틀리의 남자친구를 연기했다)의 목소리가 종일 흘러나왔다.

비록 시집에서 잘려나갔지만, '한 그릇 더운 밥 같은, 간절한 꿈같은 사랑'이란 구절이 참 마음에 든다. 사랑이 그렇게 더운 밥 같고, 간절한 꿈같았으면 좋겠다. **〈원스〉**의 사랑도, **〈비긴 어게인〉**의 사랑도 그랬다. 서로를 소중히 여기고 아껴주는 그런 사랑이었다. 그러고 보면 이 작품들의 감독 존 카니는 참 마음이 건강한 사람인 것 같다.

인생을 반추하다

어바웃 타임 | 리차드 커티스 감독. 2013 (영국)

〈러브 액츄얼리〉, **〈노팅힐〉** 등 주옥같은 영화들의 각본을 쓰거나 감독한 리처드 커티스 감독이 마지막 작품이라 선언하고 만든 회심의 영화이다. 처음 개봉관에서 보았을 때, 아름다운 영화이긴 하나, 현재를 충실히 살라는 교훈의 냄새가 풍겨 마음에 쏙 들지는 않았다. '그걸 누가 몰라, 당연한 거잖아'하는 마음이었다.

하지만 몇몇 아름다운 장면들이 내내 어른거려서, 집에서 이 영화를 한 번 더 찾아보았다. 그런데 "지금 이 순간을 소중히 여겨라"라는 주제가 얼마나 귀한 진리인가 하는 깨달음이 새삼 다가왔다. 하루하루 계속되는 일상이 얼마나 소중한 것인가 말이다. 그리고 이런 시간들이 모여 바로 인생이 된다는 진리 말이다.

가까운 동료 한 사람은 이 영화를 보고 많이 울었다고 했다. 터널 속을 지나는 것 같은 어두운 시기를 보내던 중이었다. 비록 꿈은 좌절되었고, 아픔 속에 있었지만, 아직 남아있는 일상의 소중한 것들이 떠올랐을 것이다. 무엇보다 변함없이 자신의 곁을 지키고 있는 가족들의 존재를 떠올렸다고 했다. 영화를 보고 펑펑 울고 나니 다시 힘이 났다고 했다. 어두운 터널을 통과한 지금은, 햇살 환한 거리를 활보하며 언제 그랬냐는 듯 밝은 얼굴로 잘 지내고 있다. 그 때의 고난이 조금은 더 겸손한 사람으로 만들어 주었다는 고백을 잊지 않은 채.

좋은 영화란 바로 그런 것일 거다. 내면의 감정을 건드려 울고 웃게 하고, 다시 일상으로 돌아가 씩씩하게 살게 만드는 것. 그래서 영화는 치유의 힘이 있는 것이다. 영화의 기능이야 많고 많겠지만, 한 사람의 삶에 힘을 주고, 살아갈 용기를 주게 된다면 그보다 더 훌륭할 수 있을까.

그런 면에서 **〈어바웃 타임〉**은 그런 기능에 꼭 맞는 훌륭한 영화라 할 수 있을 것이다. 인생이라는 여행에 대해, 시간에 대해 도란도란 이야기하고, 웃고 울게 만들고 힘이 나게 만드는 좋은 영화다.

시간여행을 하게 되는 주인공 팀으로 나오는 돔놀 글리슨은 영국의 유명한 배우 브렌단 글리슨의 아들로, 이 영화를 시작으로 주요 영화에 주연으로 출연, 승승장구하고 있다. 모태솔로로 등장하는 그의 순진하고 숙맥 같은 모습이 아니었다면 영화의 재미는 반감되었을지 모른다. 메리 역의 배우 레이첼 맥아담스는 아름답고 사랑스럽다. 이 커플을 보면 누구나 자신의 젊은 날, 가장 아름다웠던 시절을 떠올리게 될 듯하다. 나 역시 그랬다. 대학 시절, 한 남자를 만나서 사랑하고, 결혼하여 아이를 낳고 함께 살아온 날들이 새삼스레 얼마나 소중한 기억으로 다가오는지...

대학 2학년, 연극반에서 6살 많은 영문과 남학생을 만났다. 그는 희곡 쓰는 재미에 빠져 취직준비도 잊은 대학 4학년이었다. 나의 이상형은 똑똑한 남자였고, 그는 엄청나게 머리에 든 게 많아보였다(?). 5년쯤 연애하고, 결혼을 했을 때, 그는 시골학교 영어 교사이자, 밤마다 글을 쓰는 작가였다. 10년을 채우고는 작가를 하겠다고 교사를 그만두었고, 고생길이 시작되었다. 4살과 8살, 아직은 엄마 손이 많이 필요한 아이 둘을 데리고 공부방을 하였다. 하지만 너무나 궁핍했다. 남편을 의지하고, 월급으로 살았던 서른 초반의 내게는 쉽지 않은 시련이었다. 기억나는 건 집 앞 교회에 나가 자주 울었던 것이다.

세상에 필요 없는 일은 하나도 없다. 그때부터 나는 조금씩 단단해져 갔다. 고백하자면 나는 그때 나의 하나님을 만났다. 추상적 개념을 실제로 체험한 신앙인이 된 것이다. 그것은 삶의 모든 지축을 뒤흔드는 경험이었다. 그래서 인생에 고난은 필요한 것이다.

팀처럼 시간여행을 하여 다시 돌아간대도, 바꾸고 싶은 것은 없다. 아니, 이것은 정직한 고백이 아니다. 바꿀 수 없는 것을 알기에 하는 말일 것이다. 바꿀 수 있는 것은 오직 지금 이 순간뿐임을 알기에.

〈어바웃 타임〉을 보고나자, 그렇게 까맣게 잊고 있었던 지난 일들이 떠올랐다. 그러고 나자 문득, 이대로 나의 삶이 끝난다고 해도 아무런 아쉬움이 없다는 생각이 들었다. 한결같은 남편과 멋진 청년으로 자란 아이들, 아직은 튼튼한 팔과 다리, 좋은 친구들, 나무가 가득한 동네… 너무 많은 축복을 받았다. 팀과 메리를 둘러싼 인생, 그리고 나의 인생을 돌아보니 마음이 따뜻한 기운으로 한없이 그득해진다.

달콤한 인생,
달콤한 노년

오베라는 남자 | 하네스 홀름 감독. 2016 (스웨덴)

업 | 피트 닥터, 밥 피터슨 감독. 2007 (미국)

생각만 해도 아찔하다. 내가 칠십, 팔십 먹은 노년에 이른다면? 얼굴에는 주름이 가득, 어깨는 구부정, 피부는 마른 나무껍질처럼 꺼칠하고, 팔다리 여기저기가 쑤신다면? 맙소사, 벌써 작년과 올해 몸이 다르다. 혈액순환이 안 되는지 다리가 저리다. 심각한 건 눈이다. 며칠 전 눈이 뿌옇고 어른거려서 안과를 갔더니, 온갖 검사를 다하고선 아무런 처방을 해주지 않았다. 그냥 노안의 징조인 것이다. 그건 그냥 덜 보이는 채로 익숙해지는 방법 밖에는 없는 것이다.

오래 전 보고나서, 최고의 애니메이션이라고 생각했던 **〈업〉**을 다시 보았다. 칸영화제 개막작으로 유명해진, 전 세계적으로 유례없는 찬사를 받았던 애니메이션이다. 다시 봐도 여전한 감동으로 가슴이 벅차오르는데, 문득 주인공 칼 할아버지와 얼마 전 개봉한 **〈오베라는 남자〉**의 오베 씨가 겹쳐보였다.

닮은 점은 둘 다, 세상을 떠난 부인을 끔찍하게 사랑한 순정남이라는 것이다. 그리고 매사에 거칠고 불평만 남은 노인으로 홀로 살고 있다는 것이다. 자식이 없다는 것도 닮았다. 다른 점이라면 칼 할아버지는 요양원에 가는 것을 피해 생전에 부인과 약속했던 여행을 떠난다는 것, 오베 씨는 죽은 부인과 재회하기 위해 자나 깨나 자신도 죽을 궁리만 한다는 것이다. 하지만 고독하고 쓸쓸한 노년이란 점은 어김없이 닮아있다. 그리고 한때는 젊고 단단한 청년이었고, 아름다운 부인을 아내로 둔 행복한 남자였다는 점도 똑같이 닮았다.

이들의 쓸쓸하고 황폐한 노년의 일상에 침입자가 발생하면서 사건은 엉뚱한 방향으로 진행이 된다. **〈업〉**에서는 소년 러셀이 침입자이고, **〈오베라는 남자〉**에서는 막 이사 온 이민자 가족, 그리고 이웃들이 그렇다. 이들은 신발 안에 든 모래알처럼, 신경을 긁는 골치 아픈 존재였다. 하지만 초대받지 않은 손님이었던 이들이 결국 알고 보면, 외로운 두 노인을 새로운 인생으로 초대하는 고마운 손님이었다. 불행의 옷을 한 꺼풀 벗기면, 그 안에 무엇이 들어있는지는 벗겨봐야 알 일이다.

가난한 집안의 장남으로, 가장으로 사느라 늘 어깨의 짐이 무거운 나의 남편은 얼마 전부터 고민이 더 깊어졌다. 아이들 뒷바라지 하느라, 또 그날그날 사는데 급급해서 노후대비를 못했다는 거다. 경제적 능력이 없는 나는 대책도 없이 미안해지고, 마음이 무거워지지만 묘수는 없다. 뭔가 방법을 찾아야겠지만, 경제적 의미에서 우아한 노년이란 이미 글러버렸다. 좀 더 소박하게, 없이 사는 법을 배우는 것이 빠를 것이다. 별수 없이 나는 정신 건강이나 챙겨야겠다고 마음먹는다.

오늘도 나는 조금씩 침침해져 가는 눈으로 노트북을 들여다보고 글을 쓴다. 혈액순환이 안 되는지 다리가 저려와, 가능하면 많이 걷고 움직이려 노력한다. 비타민을 챙겨먹고, 눈 영양제를 먹고, 밥을 꼭꼭 씹어 먹는다. 그리고 정신건강을 위하여 '카르페 디엠'(현재를 즐기라)을 기억하는 동시에 '메멘토 모리'(죽음을 기억하라)를 중얼거린다. 이것이 나의 노후대비다.

작은 소원이라면, 올해 출간되는 예쁜 그림의 동시집이 쭉 팔려서, 할머니가 되어서도 친구와 카페에서 차 한 잔 할 만큼의 용돈은 인세로 들어왔으면 좋겠다는 것이지만, 이것 역시 너무 야무진 꿈일 것이다.

〈업〉의 마지막 장면이 떠오른다. 새로 사귄 친구인 꼬마 러셀과 다정하게 아이스크림을 먹으며 앉아있는 칼 할아버지의 모습이다. 부인의 당부대로 그렇게 자신만의 새로운 모험을 떠나 살고 있는 아름다운 장면이다.

오베 씨의 아름다운 부인은 또 이렇게 말했다.

"죽지 않으려면 죽을 만큼 버터야 해."

노년의 삶이란 그렇게 겉으로는 느리고 조용해보이지만, 필사적으로 살아내어야 하는 그 무엇이 아니겠는가. 힘겹고도 달콤했던 한 생애의 껍질을 훌훌 다 벗어던질 때까지. 그리고 지금까지 살아온 것과는 또 다른 종류의 모험이고, 여행이 아니겠는가.

낯설고도 새로운 여행을 하고 있는 수많은 칼 프레데릭슨 씨와 오베 씨에게, 또한 미래의 그대와 나에게 힘찬 응원의 박수를 보낸다.

Picture

TWO

"꿈을 향해 날아 오르다"

아이들은 자라고, 집을 떠난다.

어른이 되기 위해서는 반드시 떠나야만 한다.

세상을 향해 꿈을 펼치기 위해서 떠나지만

떠나는 것은 한편으로 돌아오기 위함이다.

꿈을 향해 날아오르다

미라클 벨리에 | 에릭 라티고 감독. 2015 (프랑스)

때로 살아있음이 기적으로 느껴지는 순간이 있다. 반짝이는 햇살 한 줌, 불어오는 바람결 한 자락, 흔들리는 나뭇잎 하나가 눈앞에 다가와 살아있음을 노래할 때, 눈앞에 펼쳐진 인생이 기적이라는 사실에 가슴이 떨린다. 어디 그뿐일까. 변함없이 눈을 뜨는 아침이나, 저녁에 별 탈 없이 잠자리에 눕는 순간, 식구들이 함께 모여 밥을 먹는 일까지도 모두 감격해야 마땅한 기적들의 연속인 것을, 우리는 얼마나 자주 이 사실을 잊고 사는지.

아름다운 문장으로 유명한 영문학자 장영희 교수의 책 중에 **『살아온 기적, 살아갈 기적』**이라는 제목이 있다. 지금껏 살아온 기적이 바로 살아갈 기적이 될 거라니, 참 멋진 말이다. 영화 제목에 '미라클'(miracle)이

들어가다 보니, 기적이라는 단어에 대해 이리저리 생각해보게 된다. 하루하루 살아가는 인생 자체가 기적이라 할 때 최고의 기적, 기적 중 가장 어여쁜 기적은 바로 자라나는 아이들일 것이다.

나는 오래전부터, 자식은 손님이란 말을 깊이 새겨두고 살았다. 자식은 내 집에 있을 때 잘 대접해서 보내주어야 하는 손님인 것이다. 너무 소중하고 귀하기에 언젠가는 떠나보내어야 하는 사실을 되뇌며, 상처받지 않기 위해 그랬는지도 모른다. 하지만 처음 대학에 입학한 딸을 서울에 홀로 두고 내려올 때 눈물이 왈칵 쏟아지는 건 어쩔 수 없었다.

"딸은 인제 떠났어!"

애써 매정한 듯이 말하던 남편(본인의 감정을 누르려고 그랬을 것이다)이 야속하여, 눈물을 보이지 않으려 입술을 깨물었다. 지금도 편안한 집을 떠나 복잡한 도시에서 아등바등 살아가는 딸을 바라보면 대견하고도 안쓰럽다.

그 뒤 아주 오랜만에, 집에 내려온 딸과 함께 영화 〈맘마미아〉를 보았다. 딸의 결혼 전날에 어린 시절을 추억하는 메릴 스트립의 노래를 들으며 그만 펑펑 울고 말았다. 딸은 좀 놀란 듯이 내 얼굴을 쳐다보았다. 당황스러운 표정이었다. 엄마의 마음은 엄마가 되어서야 알 수 있는 걸 어쩌겠나. 나 역시 결혼해서 신랑의 직장이 있는 시골로 떠날 때, 새로운 시작으로 그저 마음이 설레었을 뿐이다. 딸을 보내며 돌아서서 우는 엄마를 보고서도, 그저 담담하게 차를 타고 왔으니, 세상 이치란 다 그런 것인가 보다.

<미라클 벨리에>의 주인공 폴라 벨리에는 청각장애인 부모를 도와 치즈를 팔고, 함께 가축을 돌보는 소녀다. 일이 많아 학교에서는 졸기 일쑤, 폴라가 없으면 집안 일이 돌아가지 않는다. 폴라는 청각장애인 부모와 세상의 연결고리다. 소녀에서 숙녀로 자라가는 폴라에게도 사랑은 찾아온다. 얼떨결에 짝사랑하는 남학생을 따라 합창단에 지원하게 되고, 뜻밖의 재능을 발견하게 된다. 집안의 기둥인 폴라에게 집을 떠나 꿈을 이루는 건 불가능해 보인다. 엄마, 아빠조차도 폴라의 꿈을 응원하지 않는다.

하지만 부모의 필요에 의해 자식을 붙잡아 두는 것은 날아다니는 새의 날개를 꽁꽁 묶어두는 것과 같다. 부모의 통제와 그늘 아래서 자식은 성장하지 못한다. 자신의 꿈을 향해 날아오를 수가 없다. 그 사실을 아는 폴라는 '비상'이라는 제목의 노래를 너무나도 아름답게 부른다. 그리고 꿈을 향해 날아오르려 한다(이 대목에 이르면 제아무리 강심장이라도 도리 없이 콧날이 시큰해지고 눈물이 난다).

부모는 자식을 키우는 존재지만, 자식 또한 부모를 키우는 존재다. 좋은 부모가 되기란 얼마나 고달프고 힘겹고도, 인내와 성숙을 요구하는 일이던가. 자식이 부모의 은혜를 알아야 하듯, 부모 역시 자식의 은혜를 알아야 한다는 말이 있다. 그렇게 서로가 성장해나갈 때, 가장 아름다운 부모와 자식 관계가 될 수 있으리라. 폴라의 가족이 그러하듯 말이다. 부모가 성장할 때 아이들도 진정 성장한다는 것은 진리이다. 아니, 부모가 아이들의 성장을 가로막지만 않으면, 아이들은 저절로 성장하게 되어 있다. 그것이 자연의 섭리이고, 이치이다.

아이들은 자라고, 집을 떠난다. 어른이 되기 위해서는 반드시 떠나야만 한다. 세상을 향해 꿈을 펼치기 위해서 떠나지만, 떠나는 것은 한편으로 돌아오기 위함이다. 눈물의 포옹으로 떠난 폴라도, 나의 딸도 다시 집으로 돌아온다는 것이다. 영영 떠난 줄 알고 마음을 아리게 하던 나의 딸은 이제 두세 달에 한번 쯤 대구 집에 내려와 이삼일 푹 늘어져 먹고, 자고, TV를 보고, 이야기를 나누다가, 새벽 기차를 타고 서울, 시청 옆 직장으로 출근을 한다.

가족과 뜨겁게 포옹하며 파리로 떠난 폴라도 시골집으로 돌아올 것이다. 와인과 음식을 앞에 두고 밀린 이야기를 하며(물론 수화로), 웃음꽃을 피울 것이다. 그리고는 졸린 눈을 비비며 새벽차를 타고 파리의 자기 자리로 떠날 것이다. 가족의 응원과 사랑을 마음에 품은 채, 집으로 돌아오기 위해 집을 떠난다. '마음만은 늘 함께'라는 말의 의미를 알며, 그렇게 아이는 어른이 되어가는 것이다.

사랑도 홀로 서기다

비커밍 제인 | 줄리언 재롤드 감독. 2007 (영국, 미국)

강의 차 부산에 가는 남편이 여행 삼아 함께 가자고 했다. 낯선 도시에서 혼자 시간을 때워야 할 테지만, 부산이라면 MBTI(성격검사. 연구소가 부산에 있다)교육 차, 혼자서도 몇 번 간 적이 있기에 냉큼 따라나섰다. 지난번에 못간 아쿠아리움을 꼭 가보리라 마음을 먹고서 1박 2일의 일정으로 계획을 잡았다.

그가 강의 하는 근처, 수영역에 내린 나는 버스를 타고 초고층의 멋진 건물들이 즐비한 센텀 시티에 갔다. 덤벙거리다가 챙기지 못한 화장품 도구를 사려고, 세계 최대라는 신세계 백화점에 들렀다. 고양이가 생선가게 못 지나치듯, 싸고 예쁜 티셔츠 몇 개를 사고서, 어슬렁거리다보니 바로 옆에 영화의 전당이 있었다. 차를 타고 쓱 지나치기만 했던 곳이라, 설레는 맘으로 내부로 들어가 보았다.

영화의 전당은 공모전에 당선된 쿱 힘멜브라우가 설계한 초현대식의 근사한 건물이다. 그 날은 보고 싶었던 영화 **〈트럼보〉**를 비롯, 여러 영화를 상영하고 있었다. 존 카사베츠와 코엔 형제의 영화를 무료로 상영하고 있기도 했다. 빵과 커피를 마시기도 하며(참고로 영화의 전당 카페는 커피가 싸고 맛있다), 이곳저곳을 기웃거리다가, 구석에 위치한 도서관을 찾았다. 영화에 관한 책과 잡지들만 모아놓은 곳이다. 금요일 오후인데 사람 하나 없이 조용해서 너무 좋았다. 찾기 어려운 곳에 있기 때문인 듯하다.

이런저런 영화 관련 책을 구경하다 보니 시간이 순식간에 흘러, 금세 남편과 합류할 시간이 되었다. 아쉬운 마음으로 나오다 보니 입구에 이 달의 추천영화 몇 개를 적어둔 것이 보였다. 거기에 내가 좋아하는 영화 **〈비커밍 제인〉**이 있었다. 반가움과 동시에 기분이 몹시 좋아졌다. 뛰어난 작품성, 예술성을 갖춘 영화보다도 적당히 대중적이면서도 좋은 영화를 골라놓았기 때문이다. 취향이 같은 사람을 만난 듯 흐뭇해졌다. 나는 이 영화를 너무 좋아해서, 그리고 남자 주인공 제임스 맥어보이가 너무 멋져서 두 번이나 보았었다.

〈비커밍 제인〉의 주인공인 작가, 제인 오스틴을 알게 된 것은 물론 저 유명한 『오만과 편견』을 통해서였다. 소설을 먼저 보고, 영화를 보았다. 영화도 정말 좋았지만, 아무리 영화가 좋아도 머릿속으로 그리며 보는 소설을 따라갈 수는 없는 것 같다. **〈센스 앤 센스빌러티〉**나 **〈엠마〉**는 영화로만 보았다. 내가 본 제인 오스틴의 작품은 모두가 해피엔딩이었다. 그래선지 영화들도 보고나면 기분이 참 좋아진다. 영국인들이 셰익스피어 다음으로 좋아한다는 작가 제인 오스틴이지만, 그녀의 실제 인생은 어땠을까? 평생 독신으로 글을 쓰며 살면서(여성 작가가 드문 그 시대에), 과연 행복했을까? 자신의 소설 주인공들만큼은 그렇게 돈도, 남자도 모두 얻고 행복하도록 만들었으니, 그녀의 삶이 참 궁금해지긴 한다.

영화 **〈비커밍 제인〉**은 소설가로서 그녀의 진짜 인생을 살짝 엿본 작품이다. 어디까지나 영화이니 상상력이 많이 가미되었겠지만, 영화를 볼 때마다 그녀가 정말 지혜로운 여자라는 생각을 한다. 순간의 감정과 열정에만 자신의 전부를 내던지지 않았다는 것이다. 지금도 사랑하는 남자를 눈앞에 두고 피눈물을 흘리며 돌아서는 그녀의 모습이 눈에 선하다. 사랑하기에 헤어진다는 그 통속적인 말이 사실일 수도 있다는 걸, 이 나이가 되어서야 겨우 알 듯하다. 신분이 모든 것을 결정짓는 그 시대에 다른 선택은 생각할 수 없었을 것이다. 서로를 축복하며 돌아설 수도 있는 것이 인생이란 걸 인정해야 했는지도 모른다.

이 글을 쓰는 도중에 잠깐 **〈사랑의 유통기한은 3년〉**이라는 프랑스 영화를 보았다. 절절한 감정만이 사랑이라면, 3년도 너무 길게 잡은 건 아닐까. 사랑하되, 서로에게 너무 매이지 않고 일정 부분의 자유를 인정한다면 어떨까. 각자의 인생을 열심히 살며, 묵묵히 지켜보며 응원해주는 것이 오히려 유통기한을 지속되게 하는 것일 거다.

그렇게 시간이 흐르다 보면, 오래된 부부에게는 누구도 침범할 수 없는 깊고 진득한 감정들이 배어있어, 서로의 눈빛만 봐도 속내를 알 수 있는 특별한 사이가 되는 것이다. 그것을 '정'이라고 부르던, '연민'이라 부르던 간에 사랑의 또 다른 이름임에는 분명하다. 이런 사랑에도 유통기한이 있는 걸까?

그러므로 사랑은 감정만이 아니라, 의지이고 결단이라는 말은 다시 한 번 옳다. 영화 속의 제인 오스틴은 마치 인생을 아주 오래 산 사람처럼 지혜롭다. 사랑하지만, 그와 자신을 위해 기꺼이 외로움을 선택하고 돌아선다. 그래서 비로소 작가 제인 오스틴으로 태어나는 것이다.

하지만 이것은 어디까지나 영화 속 상상일 뿐, 진짜 그녀의 삶과 사랑은 아무도 모른다. 얼마나 행복했는지, 불행했는지도. 1775년에 태어나 41세에 죽은 그녀는 평생 언니와 둘이 살았다고 한다. 결혼만이 유일한 행복이요, 경제활동이자 신분상승의 길이라 여겼던 그 시대에 독신녀가 마냥 행복했을 리 없음은 당연하다. 그래서 그녀의 소설 속 주인공들을, 그렇게 부와 멋진 남자들을 차지하고 오래오래 행복하게 살도록 만들었을 것이다. 자신이 가지지 못한 것을 마음껏 누리도록 했을 것이다. **〈오만과 편견〉**의 주인공 엘리자베스와 다아시 같은 인물을 만난 건 정말 근사한 일이지만, 실제의 제인 오스틴을 생각하니 마음이 짠해진다. 자신과 소설의 주인공이 후대에까지 이렇게 유명해질 줄 그녀는 꿈에라도 알았을까?

어쨌든 나는 부산에 함께 가자던 남편 덕분에 남는 시간에 영화의 전당을 어슬렁거렸고, 새롭게 **〈비커밍 제인〉**을 만나게 되었다. 부산엘 가지 않았으면 오래전 보았던 영화 따위야 까맣게 잊고 지냈을 것이다. 영화의 전당 쯤 되는 거창한 곳에서 내가 좋아했던 로맨스 영화를 추천해주니 얼마나 기분이 좋던지!

(1박 2일, 남은 여행 동안 아쿠아리움은 결국 가지 못했다. 취향의 차이이므로 이런 건 서로 존중해줘야 한다. 남편에게 안 봐도 된다고 말한 건 나의 배려였다. 혼자 부산에 다시 갈 수 밖에. 제인 오스틴처럼 씩씩하게! 한때 유행했던 시구처럼, 사랑은 홀로 선 둘이가 만나는 것이다!)

그 여자의 욕망

종이달 | 요시다 다이하치 감독. 2015 (일본)

인생에 정답은 없다. 사람 수 만큼이나, 헤아릴 수 없이 다양한 삶의 태도와 방식이 있어 타인의 삶에 대해, 그건 옳은 일이 아니라고 함부로 말할 수는 없다. 하지만 적어도 오답은 있을 것이다. 결국에는 나와 너를 무너지게 하는, 가면 안 되는 길은 반드시 있을 것이다.

평범한 주부였던 여자가 은행원이 되고, 자기 것이 아닌 돈에 손을 대게 되고, 드디어는 억대에 이르는 돈을 횡령했다는 이야기다. 가쿠다 미쓰요의 소설이 원작인데, 실제로 일어난 일을 모티브로 했다고 한다.

시작은 이렇다. 파트타임으로 일하던 미카는 미모와 친절로 실적이 좋아 계약직 사원이 된다. 은행의 여러 가지 상품을 판매하는 일인데, 집으로 찾아가 제품을 설명하고, 판매를 하고, 돈을 받아 입금을 해준다. 주로 거동이 불편하거나 외로운 노인들에게 인기가 많다. 어느 날 화장품을 사려던 리카는 돈이 모자란다. 망설이다가 은행에 입금하려던 고객의 돈을 꺼내 계산을 한다. 그리고는 자신의 돈을 찾아 채워 넣는다. 그것이 시작이다.

한 청년을 만난다. 그들의 관계는 아슬아슬하게 진행이 되고, 그를 도와주기 위해 고객의 돈에 또 손을 대게 된다. 이제 규모는 걷잡을 수 없이 커진다. 그녀는 점점 대담해지고, 욕망을 제한하지 않는다. 갖고 싶은 걸 가지고, 사고 싶은 것을 사고, 거리낌 없이 행동한다. 욕망이란 이름의 전차에는 브레이크가 없다.

갖고 싶은 모든 걸 가지면서도 그녀의 얼굴은 서늘하다. 그녀는 해피엔딩을 꿈꾸지 않는다. 언젠가는 끝날 일이고, 파멸로 가는 길인 것을 알고 있다. 다 알면서도 왜 멈추지 않았을까? 진짜 달이 아니라 종이로 만든 가짜 달, 가짜 삶인 것을 알면서도.

영화를 보다보면 범죄를 저지르는 주인공에게 감정이입이 되어 마치 공범이라도 된 듯 조마조마할 때가 있다. 이 여자의 행동을 응원하는 것이 아닌데도 보고 있노라면 조마조마해진다. 대체 어쩌려고 저러나 싶은 것이다.

영화의 마지막, 그녀는 태국의 시장에서 인파에 묻혀 있다. 그녀는 관객들에게 묻는 듯하다.

"당신은 진짜 삶을 살고 있나요? 진짜 삶이란 그런 거예요. 울고 웃고 아프고, 찌들고 허덕이는 삶, 진짜 삶이란 그렇게 모든 것을 다 가질 수가 없는 그런 것이에요."

그녀의 선택은 누구도 이해할 수 없는 것이지만, 그녀가 품은 욕망은 누구에게나 있는 것이다. 그녀처럼 선택하고 행동하지 않았을 뿐이다. 그 선택의 시작은 고객의 돈에 손을 대어 화장품 값을 치렀기 때문이고, 청년의 애타는 눈길을 모른 척 하지 않고 기꺼이 마주 보았기 때문이다. 시작은 작지만, 영향은 걷잡을 수 없게 되었다.

그녀는 고객의 돈으로 화장품 값을 치렀지만, 우리는 다음 달에 지불하기로 하고서, 신용카드로 계산을 한다. 현재 주머니에 현금이 없어도 욕망은 즉시 해결 가능한 것이다. 그녀가 다니던 은행은 실적에만 혈안이 되어, 얼마든지 고객의 돈에 손을 대어도 되는 구조를 만들어 놓는다.

그러기에 엄청난 범죄행각에도 불구하고 자꾸만 그녀가 가여워지는 것이다. 그녀의 욕망은 나에게도 너에게도 있는 것이기 때문이다. 돈벌이에만 혈안이 된 이 자본주의 구조가 그녀에게 덫을 쳐 두었기 때문이다.

윤동주의 시 〈자화상〉의 한 구절처럼, 그녀가 미워져 돌아서 가다가도, 어쩐지 그녀가 가여워져 자꾸만 뒤돌아보게 되는 것이다. 어딘지 한 구석은 나를 닮았기 때문이리라.

다시, 제인 오스틴

오스틴랜드 | 제루샤 해스 감독. 2013 (영국, 미국)

내가 좋아하는 배우는 영국 출신의 레베카 홀이다. **〈내 아내의 남자도 좋아〉**라는 좀 요상한 제목으로 소개된 우디 알렌의 영화(원제: Vicky, Cristina, Barcelona)를 보고 알게 되었는데, 주로 지적인 역할을 하는 연기파 배우이다. 레베카 홀이 나온 음악 영화라기에 주저 없이 최근 개봉한**〈사랑과 음악 사이〉**(이것 역시 원제는 Tumbledown, '금방이라도 무너질 듯한'이란 뜻인데, 한글 제목은 너무 싱겁다)라는 영화를 찾아보았다. 음악도 좋고, 화면도, 내용도 괜찮았는데 레베카 홀의 매력을 빼고는 특별히 기억에 남는 것이 없었다.

뭔가 아쉬워진 나는 영화 목록을 한참 찾았다. 어쩐지 마음이 허해진 탓인지, **〈사랑과 음악 사이〉**의 사랑에도, 음악에도 만족을 못한 탓인지, 로맨스 장르를 뒤적였다. 여자에게 로맨스물이란 남자에게 있어 포르노물과 마찬가지라 했던가. 그러거나 말거나, 한참을 뒤적여 찾은 영화가 바로 **〈오스틴랜드〉**다. 책 어딘가에서 소개한 듯, 들어본 제목이다.

〈오만과 편견〉, **〈엠마〉**, **〈센스 앤 센서빌러티〉**, **〈노생거 사원〉** 그리고 **〈비커밍 제인〉**까지를 섭렵했는데, 아직도 보지 않은 제인 오스틴의 영화가 있다니! 게다가 상영시간도 짧아 90분 남짓이다. 아무리 내가 영화를 좋아한대도 내리 두 편을 보는 것은 무리다. 그런데 결론부터 말하면 나는 이 영화의 매력에 푹 빠지고 말았다. 이 영화를 보고도 싫다는 여자는, 영화라는 것 자체를 싫어하는 사람일 것이다.

어차피 영화는 판타지다. 실제만을 찾는다면 영화를 아예 보지 말아야 한다. 물론 주변에는 영화를 싫어하는 친구도 있다. 그는 험난한 인생의 골짜기를 지나온 사람이고, 자기 인생이 영화보다 더하다는 이유, 즉 영화가 시시하다는 것이다. 그 말을 듣는 순간 그의 인생이 너무 삭막해 보였다. '그는 무슨 재미로 살까?'싶어지고 인생이 너무 건조해 보이는 것이었다.

이 영화, **〈오스틴랜드〉**도 판타지다. 조금 독특한 점은 판타지를 꿈꾸었지만, 현실과의 사이에서 망설이고 고민하다 결국은 그 곳을 빠져나오는 여자의 이야기다. 영화를 보면 알겠지만, 꿈의 세계에서 현실의 세계로 빠져 나오는 순간, 또 다른 마법이 펼쳐진다. 영화는 로맨틱 코미디이므로 고객의 만족을 위해 최선을 다해 서비스한다. 역시 변형

된 신데렐라 스토리라는 거다. 철없이 꿈만 꾸던 세계를 정리하고, 나이에 걸맞게 냉정한 현실로 돌아와 삶을 꾸려나가는 것은 반드시 필요한 일이나, 그렇게 아무 일도 일어나지 않는다면 얼마나 심심하고도 지루한 세상일까.'하나의 문이 닫히면 또 다른 문이 열린다'는 말처럼 하나의 과거를 정리하면, 또 다른 세상이 열리는 것이 세상 이치이기에, 희망의 끈을 놓지 말아야 한다.

케리 러셀이 연기하는 주인공 제인 헤이즈는 제인 오스틴의 광팬이다. 특히 소설**『오만과 편견』**을 좋아해서 열세 살 때부터 소설 앞 장을 줄줄 외우고 다닌 데다, 주인공 '미스터 다아시'를 사모하여 그의 사진을 비롯하여, 그 시대의 소품들로 방 안이 빼곡하다. 그러느라 서른이 넘도록 연애 한번 제대로 못해본 찌질한 인생이다. 그녀는 이제 그간 모은 돈을 털어 인생에 투자를 한다. 소설 **『오만과 편견』**의 시대, 리젠시 시대를 그대로 재현해놓은 일종의 테마 파크인 곳, 영국의 '오스틴랜드'로 여행을 떠난다. 어쩌면 그녀는 꿈의 세계에서 빠져나오기 위해, 꿈속으로 직접 걸어 들어가는 것이다.

멋진 건물과 아름다운 풍경, 그리고 달콤한 말을 속삭이는 남자들 속에서 하늘거리는 예쁜 드레스를 입고 춤을 출 수 있게 된 그녀는 자신이 그토록 연모하던 세상에 살게 되지만 점점 그 세상이 진짜가 아니라는 사실에 조금씩 환멸을 느끼고 벗어나고자 한다.

영화를 보는 중에 나는 달콤하고 사랑스러운 장면들에 푹 빠졌었지만, 끝까지 보고나서는 다소 심오한 생각에 사로잡혔다. 우리 인생에 무엇이 진짜이고 가짜인가라는 것이다(영화의 끝부분에는 반전이 있다).

우리는 삶을 살아갈 때 무엇이 진짜이고, 무엇이 가짜인지 진실로 분별할 수 있을까? 그것은 아주 오랜 시간이 흐르고 나서야 비로소 알 수 있는 게 아닐까?

그러므로 이 뒤죽박죽 인생살이에서 분명한 것은 없다. 때로는 혼란스럽더라도 그 혼란조차도 삶의 한 부분임을 받아들여야 할 것이다. 그런 생각으로 살면 조금은 더, 빡빡한 인생이 헐거워지고 여유가 생기지 않을까?

우리 인간이 얼마나 연약하고, 얼마나 무지한 존재인지를 알 때, 아마도 조금은 더 지혜로울 수 있을 것이다.

기억은
나를 해치지 못한다

마담 프루스트의 비밀정원 | 실뱅 쇼메 감독. 2013 (프랑스)

우리는 기억에서 자유로울 수 있을까? 기쁨은 아마도 쉬이 잊힐지 모르지만, 슬픔이나 아픔은 기억의 창고에 오래 남아, 지금의 내 행동, 혹은 어떤 선택의 순간에 뒷덜미를 잡아채는 것이 아닐까? 끝을 알 수 없는 거대한 실몽당이가 나를 얽어매는 순간, 우리는 꼼짝없이 거기에 뒤엉켜 벗어날 수 없는 것이다. 이것은 심리학 이론을 굳이 빌지 않더라도 얼마든지 짐작할 수 있는 상식이다.

영화는 시작부터 마르셀 프루스트의 글귀가 흐른다.

"기억이란 약국이나 실험실과 같아서 아무렇게나 내민 손이 어느 때는 독약을, 때로는 진정제를 집어들 수도 있다."

그럼에도 우리는 왜 도무지 정확하지도 않고, 믿을 수도 없는 기억에 자신을 내맡기는 것일까?

두 살 때 부모가 눈앞에서 죽고, 실어증을 앓는 폴 마르셀이라는 청년이 있다. 폴은 두 이모의 손에 자라나 피아니스트가 된다. 그리고 이모들이 운영하는 댄스교습소에서 반주를 한다. 그의 유일한 기쁨은 슈게트 과자를 먹는 것뿐이다. 실어증에다 우울하기 그지없어 보이는 그가 우연히 같은 아파트에 사는 마담 프루스트를 만나면서 삶에 변화를 겪는다. 마담 프루스트는 아파트 한편에 흙과 식물이 가득한 비밀 정원을 가지고 있다. 그녀는 약초의 기운으로 최면상태에서 기억을 떠올리게 하는 시술을 한다.

그녀가 주는 차와 마들렌을 먹고 폴은 졸도를 하고, 자신의 기억여행을 하게 된다. 그는 아주 어릴 적 이야기인, 아름답거나, 슬프거나, 끔찍한 기억들을 떠올리며 울고 웃는다. 폴은 이제 더 이상 악몽을 꾸지 않고 잃어버린 자신의 말을 찾을 수 있을까?

기억이야말로 믿을 수 없는 것이라고 한다. 같은 상황이어도 저마다의 선호, 또는 선택에 따라 얼마든지 다르게 입력이 되어 있는 것이다. 분명한 것은 기억은 과거의 것이고, 현실에서 똑같이 반복, 재생되는 일은 없다. 그런데 놀라운 것은 우리 인간들이란 그 기억에 묶여 현실에서 그대로 재생되는 것처럼 행동한다는 것이다. 적어도 지금의 현실에 엄청난 영향을 미치는 것처럼 행동하는 것이다. 대부분은 자신이 의식도 못한 채 말이다. 어릴 때의 충격으로 절대로 말을 하지 않는 폴 마르셀처럼.

그러면 우리는 사슬에 묶인 동물처럼 운명을 그저 받아들여야 할까? 그 사슬에서 자유로워지는 방법은 없을까? 동화처럼 아름다운 이 영화를 보다보면, 아마도 답이 떠오를 것이다. 어쩌면 폴처럼 한 잔의 차와 마들렌 앞에서 그저 갇힌 기억을 떠올리고 울고 웃는, 그것만으로 가능할지 모른다. 기억을 그저 기억으로 돌리는 것만으로 자유로워질 수 있을지도 모른다.

"Vis Ta Vie!(네 인생을 살아라)."

마담 프루스트의 메시지다. 과거를 들여다보고, 단지 과거일 뿐이라는 것을 아는 것이, 지금 내 인생을 살 수 있는 시금석이다. 그렇게 되면 폴의 두 이모로 대변되는, 남의 욕망대로 사는 공허한 삶이 아니라, 내가 즐거운 나만의 삶을 사는 대안이 분명 있을 것이다. 비록 남이 볼 때는 볼품없고 초라할지라도...

단언컨대 영화의 엔딩을 보고, 폴의 선택을 마주하노라면, 한없이 연약하고 부서지기 쉽지만, 그만큼 또 강인하고 아름답기도 한 인간의 모습을 볼 수 있을 것이다. 기억하라, 기억은 나를 해치지 못한다.

음식으로 마음을 어루만지다

심야식당 | 마츠오카 조지 감독. 2015 (일본)

중학교 때부터 일본에 관심이 많던 딸은, 결국 일본과 관련이 된 회사에 취직을 했다. 힘겹게 취직한 대기업에서 일 년을 겨우 버티고 나더니, 미련 없이 사표를 던지고, 혼자 떠난 곳도 일본이다. 그리고 그 때 탔던 배 회사에 취직을 해서 나름 만족스런 생활을 하고 있다. 고등학교, 대학교 때는 교환학생을 다녀와서 일본인 친구도 제법 많다.

하지만 나는 일본의 소식이나 문화에 대해 문외한일뿐더러, 일본 영화도 잘 챙겨보지 않는다. 가족이지만 각자의 자유나 취향을 워낙 존중(?)한 탓이며, 일본 문화에는 일종의 거부감이 알게 모르게 심어져 있는 탓이다. **〈카모메 식당〉**이나 **〈해피해피 브레드〉** 같은 서정적인 일본 영화를 물론 좋아하긴 했다. 하지만 **〈심야식당〉**의 원작이 그토록 유명한 만화이며, 드라마로 만들어져 인기를 끈 줄은 영화를 보고나서야 알았다.

41세에 뒤늦게 만화가로 데뷔했다는 아베 야로의 만화가 그토록 사랑을 받은 이유는 무엇일까? 아마도 음식을 통해 사람을 따뜻하게 어루만지는 위로의 메시지 때문이 아닐까? 모두가 잠든 밤 12시부터 아침 7시까지 문을 여는 심야식당을 찾는 이라면, 나름의 사연과 상처를 가진 이들이기 때문이다. 그들은 모두 배고픔을 채우는 한 끼가 아니라, 그 이상의 무엇이 필요한 사람들임에 틀림없다.

영화는 나폴리탄, 마밥, 카레라이스 등 세 개의 시리즈로 되어 각각의 사연들이 소개된다. 심야식당에는 의외로 많은 손님들이 북적이고, 마스터로 불리는 주인장은 무심한 듯, 그러나 깊이 있는 눈길과 익숙한 솜씨로 그들을 맞이하고 음식을 내온다. 돼지고기 된장 정식과 몇 가지 술... 메뉴는 단출하지만, 손님이 먹고 싶어 하는 것은 뭐든 만들어 내어온다. 심지어 주문하지 않은 음식까지도. 그러면 손님들은 음식을 먹고, 자신의 뭔가가 채워지는 느낌을 받고 표정이 달라진다.

각각의 시리즈 사이에 주인을 알 수 없는 유골함이 배경으로 등장하는 것을 보면 인생에 대해 좀 더 진지하게 이야기해보자고 마음먹은 게 틀림없다. 단순히 음식을 통한 위로만을 이야기하려는 게 아니다. 특히 카레라이스 편을 보면 쓰나미로 가족을 잃은 남자, 겐조가 나온다. 그의 깊은 슬픔은 음식으로 위로가 되지 않는지 카레를 먹다가 뛰쳐나가는 장면도 등장한다.

겐조의 슬픔과 연결되어 등장하는, 그가 사랑에 빠진 자원봉사자 아케미 역시 또 다른 상처를 가진 인간임을 보여주는 장면이 있다. 그들의 관계가 어떻게 진행이 되는지 나 역시 심야식당에 모여든 사람들만큼이나 호기심이 생겼다.

하지만 천사 같은 아케미나 가족을 잃은 슬픔으로 피폐해진 겐조나 모두 연약하고 상처 많은 인간일 뿐임을 확인하는 데서, 작품에 대한 신뢰가 생겼다. 중년의 나이에 만화가로 데뷔한 아베 야로의 성숙한 시선이 아니었다면 나오기 힘든 장면이었을 것이다. 많은 사람들에게 사랑을 받은 데는 그만한 이유가 있는 것이다.

개인적으로 가장 좋았던 건 카레라이스 편이지만, 나폴리탄, 마법 편 모두가 좋았다. 무심한 듯하지만, 따뜻하고 속 깊은 마스터의 심성이 가득 느껴지는 장면들이다. 심야식당이란 공간은 다분히 영화적이지만, 거기 모인 사람들이 사연을 풀어내는 방식은 다분히 현실적이다.

조금은 엉뚱한 경관 코구레로 나오는 오다기리 조, 마법 편에 등장하는 순수한 미치루 역의 타베 미카코, 그리고 마스터를 연모하는 요정 여주인까지 모두 사랑스런 인물들이다. 각각의 사연들이 모여드는 곳 심야식당, 무엇보다 궁금한 것은 마스터의 사연이다. 얼굴에는 긴 칼자국이 있지만, 선한 표정이다. 온갖 풍파를 다 겪고도 바위처럼 자신의 자리에 묵묵히 서있는 듯한 얼굴이다. 만화나 드라마 시리즈에는 혹 그의 사연이 소개 되었을까, 진심으로 궁금해진다.

영국 뮤지컬의 힘

선샤인 온 리스 | 덱스터 플레처 감독. 2014 (영국)

런던 여행 중 뮤지컬 **〈빌리 엘리어트〉**를 본 적이 있다. 유명하다는 뮤지컬을 꽤 봤지만 그 때만큼 뮤지컬에 매료된 적이 없다. 연기, 노래, 무대 미술과 장치, 연출 모두가 최고여서 뮤지컬의 본 고장이라는 영국 뮤지컬의 힘을 제대로 느낄 수가 있었다.

지금까지 나에게 있어 최고의 뮤지컬은 **〈빌리 엘리어트〉**다. 특히 빌리 역의 꼬마 연기가 놀라웠으니, 그야말로 프로가 무엇인지를 제대로 보여주었다. 빌리 뿐 아니라, 성인 배우들의 노래와 춤, 연기는 당연하지만, 어린 연기자들 모두가 프로였다. 예기치 않은 실수에도 거뜬히 넘어가는 모습이 놀라웠다. 이들이 자라서 영국 뮤지컬계를 이끌어나갈 테니, 적어도 문화에서만큼은 '해가 지지 않는 나라'임에 틀림없을 것이다.

바로 이 영국산 뮤지컬인 **〈선샤인 온 리스〉**는 2007년 처음 공연이 되어, 그 해 영국에서 올해의 뮤지컬 상을 수상한 작품이다. 스코틀랜드의 2인조 록밴드 '프로클레이머스'의 노래들로 만든 쥬크박스 뮤지컬이다. 일란성 쌍둥이인 찰리 리드와 크레이그 리드, 이들은 제목(선샤인 온 리스)에 언급된 지역인 리스 출신이다.

영화의 초반에 중년 아저씨가 된 이들이 잠깐 등장하는 것이 재미있다(군인인 두 주인공, 알리와 데이비가 거리에서 'I'm on my way'를 부를 때 그들의 어깨를 부딪치며 지나가는 안경 쓴 아저씨 둘). 우리에게는 이들의 음악이 별로 알려지지 않았지만, 영국에서는 널리 사랑받는 국민 가수이며, 빌보드 차트에 25년간 랭크된 어마어마한 밴드이다.

영화 **〈엔젤스 셰어〉** 엔딩에도 나왔던 그 신나는 음악 'I'm gonna be(500 miles)'가 가장 유명할 것이다. 이 영화에도 엔딩을 장식하는데, 군중들의 노래와 춤을 감상할 수 있는 플래쉬몹이 너무 멋지다. 그 한 장면만으로도 영화를 본 보람이 있을 것이다, 프로클레이머스의 멋진 노래와 영국 뮤지컬의 매력을 느낄 수 있는 근사한 뮤지컬 영화다.

홍보 포스터를 보면 '올해의 맘마미아'라고 커다랗게 쓴 글자가 보인다. 맘마미아처럼 가족 이야기인 것은 맞는데, 밝고 경쾌한 느낌의 맘마미아보다는 조금 묵직하고, 조금 더 현실의 이야기이다. 그래서 누구나 좋아할 만한 맘마미아에 비해서는 호불호가 좀 갈릴 것 같은 생각이 든다. 친근한 멜로디인 아바의 노래만큼이나 맘마미아는 밝고 떠들썩하지만, 이 영화는 조금 더 잔잔하면서 소소한 일상을 그리고 있다. 노래까지도 익숙한 멜로디가 아니니, 취향의 차이가 있을 거라는 거다. 하지만 조금은 낯설게 들리는 스코틀랜드 억양과 노래를 색다르게 즐길 수 있다면, 아름다운 스코틀랜드의 풍광과 풋풋한 매력을 지닌 영국 배우들이 선사하는 경험에 매혹될 것이다. 또한 멋진 음악과 소소한 일상의 이야기를 에딘버러의 풍광에 녹여낸, 감칠 맛 나는 영국 뮤지컬의 매력에 푹 빠질 수도 있을 것이다.

개인적으로는 한 번 더 보고 싶을 만큼 매력적인 뮤지컬이었다. 스토리를 따라가느라고 프로클레이머스의 음악들을 제대로 즐기지 못했기 때문이다. 영화의 제목이자 타이틀곡인 **〈선샤인 온 리스〉**는 프로클레이머스가 1988년에 발표한 앨범 제목이기도 하다.

언제부턴가 뮤지컬을 별로 좋아하지 않게 되었는데, 매끄럽지 못하거나 비현실적인 스토리, 완성되지 못한 음악(물론 뛰어난 뮤지컬 '넘버'는 예외겠지만)과 배우들의 기량(춤과 노래와 연기를 다 갖추기란 얼마나 어려운 일인가!) 탓에 피로감만 느꼈던 공연 관람이 몇 번 반복되었기 때문이다. 하지만 이 정도의 이야기와 노래와 연기, 연출이라면 다시 보고 싶다는 생각이 든다.

음악의 힘이 얼마나 큰가를 다시 생각해본다. 마지막 장면, 프로클레이머스의 음악 중 가장 유명한 곡, 그리고 멋진 플래시몹을 생각하며, 인생이 참 근사하다는 생각까지 해보게 된다.

아픈 청춘에게
따뜻한 위로를

프란시스 하 | 노아 바움백 감독, 2014 (미국)

뉴요커라는 말은 세련됨, 혹은 근사함의 대명사다. 그런데 여기, 뉴욕에 살지만 그런 멋진 것과는 거리가 먼 아가씨, 프란시스 할러데이가 있다.

그녀는 댄서다. 하지만 몇 년째 수습에 머물러 있다. 뛰어난 미인도 아니고, 남자들에게 딱히 인기가 많은 것도 아니다. 무엇보다 늘 돈이 없어 쩔쩔맨다. 방세조차 제때 내지 못한다. 남자친구보다 여자친구를 더 좋아하고, 섹시함과는 거리가 멀고, 큰 키에 늘 껑충껑충 뛰어다닌다.

그런데 마음만은 따뜻하다. 그리고 긍정적이다. 무엇보다 아직 꿈이 있다. 팍팍한 도시살이에 이리 치이고 저리 치이지만, 크게 낙담하지도 않는다. 이 땅의 평범한 젊은이와 조금도 다르지 않다.

프란시스는 친구 소피를 자신의 남자친구보다 더 좋아하지만, 소피에게 남자친구가 생긴 후로 자꾸 멀어지게 되어서 슬프다. 사귀던 남자친구하고도 헤어졌다. 한 집에서 지내던 소피가 방을 빼가는 바람에 혼자 방세를 감당할 수가 없다.

우연히 싸고 괜찮은 방을 구하게 되고, 두 명의 남자들 속에서 그럭저럭 행복하게(?) 살게 된다. 불행히도 크리스마스 시즌 공연을 못하게 되어 몇 달간 댄서 일을 쉬어야 한다. 돈이 들어올 데가 없는 것이다. 다시, 그 방에서 나온 프란시스는 부모님 집을 들렀다가, 댄서인 친구 집에서 몇 주간 신세를 지기로 한다.

영화가 진행될수록, 프란시스는 일이 자꾸 꼬인다. 맘 편히 지내는 날이 별로 없다. 대체로 되는 일이 없는 그녀는 이리 뛰고, 저리 뛴다. 대학을 졸업했으면서도, 대학기숙사에 얹혀살고, 웨이터리스 일까지 한다. 어쨌거나 그녀는 꿈을 버리지 않았다.

이처럼 영화는 소소한 일상을 담았다. 특별한 스토리나 갈등도, 대단한 사건도 일어나지 않는다. 그저 대한민국의 서울, 우리의 청춘이나 미국의 화려한 도시 뉴욕의 청춘이나 다를 바가 없다. 영화를 보다보면 놀랄 만큼 닮았음을 알게 된다.

이 영화는 전체가 흑백이다. 흑백이어서 특별할 거 없는, 어쩌면 구질구질하다고 할 수 있는 우리들 보통의 삶을 더 잘 담을 수 있었던 게 아닐까. 너무나 일상적인 풍경을 흑백으로 담아서 오히려 더 품위

있는, 우아한 필름이 되지 않았나 싶다.

거친 세파에 시달리지만, 프란시스는 굴하지 않고, 씩씩하게 자기 인생을 산다. 조금 엉뚱하지만, 보통의 착하고 건강한 스물일곱의 아가씨다. 그녀가 특별한 재능이 있거나, 뛰어난 사람이 아니라 좋았다.

그녀는 이리저리 치이고, 결국 꿈을 접지만, 현실에 적응하여 그 속에서 작은 꿈 하나를 이루는 모습, 내 이름의 작은 방 한 칸을 얻는 모습은 따뜻하다. 팍팍한 현실에서 위로라는 이름의 작지만, 따뜻한 손을 내밀어주는 것 같다. 이 영화가 내미는 손을 어찌 마주 잡지 않을 수 있을까.

골든 에이지는 지금

미드나잇 인 파리 | 우디 앨런 감독. 2012 (미국, 스페인)

파리에 관한한, 이렇게 아름다운 영화가 또 있었던가. 팍팍한 현실을 잠시 잊고 아름다운 파리에 흠뻑 취하게 하는, 비오는 파리의 밤거리로 당장 달려가고 싶게 만드는 영화이다.

"영화를 사랑하는 첫 번째 방법은 좋아하는 영화를 두 번, 세 번 보는 것"이라고, 프랑스 감독 프랑수아 트뤼포가 말했다. 나는 이 사랑스런 영화를 개봉관에서 두 번 봤는데, 두 번 다 비가 내렸다. 영화에 흠뻑 빠졌다 나오는데 갑자기 맑은 하늘에서 비가 후드득 쏟아지는 광경이 마치 마법인 듯싶었다. 영화 속처럼 1920년의 파리로 데리고 갈 자동차 한 대가 나타난대도 놀라지 않을 것 같았다.

할리우드 작가 길(Gil)은 약혼녀 이네즈와 함께 파리로 오지만, 마냥 행복해보이지는 않는다. 취향이 다른 현실적인 약혼녀와 그녀의 부모, 그리고 허세가 심해보이는 그녀의 친구들 탓이다. 그들과 잘 어울리지 못한 길은 혼자 파리의 밤거리를 헤매다, 자정이면 나타나는 자동차 푸조를 타고 시간을 거스르는 여행을 하게 된다. 놀랍게도 그가 가장 동경하는 시대인 1920년대로 가게 되는 것이다.

자신이 가장 존경하는 작가 헤밍웨이와 피츠제럴드, 달리, 피카소 등등 전설적인 인물들을 만나고, 피카소의 연인이던 아드리아나라는 아름다운 여인도 만난다. 현실적인데다 그와 취향이 다른 이네즈와는 달리, 삶과 예술에 대한 관점이 서로 통하는 둘은 사랑에 빠지게 되는데, 그들 앞에는 또 다른 세계가 펼쳐진다. 바로 아드리아나가 가장 사랑하는 시대, 1890년대다. 로트렉, 고갱, 드가를 물랭 루주에서 볼 수 있는 시대.

하지만 아이러니하게도 길이 가장 동경하는 1920년대를 사는 아드리아나는 현실은 지루하다며, 멋진 1890년대에 남아 살자고 한다. 1890년의 사람들인 고갱과 동료들은 또 말한다. 르네상스 시대가 가장 좋았다고. 그게 바로 골든 에이지(golden age)이론인데, 누구도 자신이 사는 시대를 골든 에이지로 여기지 못하는 것이다. 즉 지나간 한 시대만을 동경하는 것이며, 현실은 어느 시대든지 권태의 옷을 입고 나타난다. 이것을 본 길은 비로소 환상에서 깨어난다. 작가가 환상 속에 빠져 있으면 제대로 된 글을 쓸 수 없다고 말하며 현실로 돌아온다.

이제 길은 자정이 되어도 더 이상 과거로의 여행을 하지 않는다.

가장 멋진 시대는 과거가 아니라 바로 지금인 걸 알기에. 순간 자정을 알리는 종이 울리고 다시 마법이 시작된다. 바로 현실 속의 여인, 가브리엘(기쁜 소식을 전하는 천사의 이름)이란 천사를 만난다. 길처럼 비를 맞으며 걷는 걸 좋아하는 여인이다. 둘은 2010년 파리의 밤거리를 함께 걷는다.

감독인 우디 앨런과 똑같은 옷을 입은 오언 윌슨의 어정쩡하고 소탈한(찌질한?) 연기가 매력적이다. 연기자들을 통해 전설적인 예술가들이 한 명 한 명 재현되는 재미가 짜릿하다. 애국심의 발로일까, 우디 앨런에 대한 존경의 표현일까. 프랑스 배우들의 단역 출연도 재미있다. 특히 배우로서 사르코지 전 대통령의 부인이었던 칼라 브루니도 가이드로 출연하여 흥미를 더한다.

영화는, 아니 영화 속의 파리 풍경은 감미롭고 따스하고 매혹적이다. 이렇게 파리에 대한 환상에 빠져도 괜찮은 걸까? 이 영화를 볼 때마다 비가 왔고, 나는 길과 가브리엘처럼 비를 맞으며 천천히 걸었다.

"Let's do it…"

콜 포터의 감미로운 노래가 비와 함께 흐른다. 지금이 바로 골든 에이지다.

사랑의 시작,
그리고 소멸

우리도 사랑일까 | 사라 폴리 감독. 2011 (캐나다)

두려움과 불안, 욕망은 인간이기에 피할 수 없는 것이다. 외로움 또한 그러하다. 상대를 아무리 사랑한들 시간이 흘러도 한결같이 설렐 수는 없는 일이며, 또 다른 이성의 매력에 눈을 돌릴 수도 있는 일이다. 당연히, 인간이기에.

물론 감정적으로 더 예민하여 불안이나 외로움의 양이 남들보다 더 큰 이들도 있다. 버지니아 울프가 주인공인 영화 **〈디 아워즈〉**의 세 여인이 그랬듯, **〈우리도 사랑일까〉**의 주인공 마고 역시 때때로 본인이 어쩔 수 없는 내면의 울음이 있음을 안다. 남들이 부러워할 만큼 다정하고 유머러스한 남편과의 행복한 결혼생활에도 불구하고. 이 때 다가온 한 남자, 대니얼. 그는 손수 인력거를 끌며 생계를 이어가지만, 그림을 그리며 예술가적인 삶을 누리는 이로 마고의 내면에 가득한 울음을 알아차리는 남자다. 대니얼과 남편 루와의 사이에서 흔들리며 위태롭게 관계를 이어가는 마고. 그녀는 둘 사이에서 어떤 결정을 내릴 수 있을까.

결론은 이렇다. 수영장에서 샤워하는(전라의 장면들이 충격적일 수도 있겠다. 여자들에겐 익숙한 목욕탕 풍경이지만) 나이든 아줌마들의 말처럼 "새 것도 언젠가는 다 헌 것이 돼"라는 것. 세월이 흐르고 나이를 먹었으니 할 수 있는 말이다. 하지만 직접 겪어보기 전엔 내뱉을 수 없는 말이며, 그러기엔 주인공들이 너무 젊고, 욕망은 너무 강렬하다. 이제 마고는 어쩔 것인가?

이 영화의 백미인지도 모르겠다. 영화 속의 영화랄 수 있는 장면, 레너드 코헨의 노래 'Take this waltz'(영화의 원래 제목이다)에 맞춰 대니얼과 마고가 사랑하는 장면, 그리고 그 사랑 역시 또다시 권태로운 일상이 되어버리는 장면이 너무나 강렬하고 멋있어서, 실은 마고의 머릿속에서 일어나는 판타지인 줄로 알았다. 영화를 지켜보다보면 그게 아님이 드러나지만. 어떤 이는 판타지라 말하기도 했는데, 틀린 말도 아닌 것 같다. 결국 사랑의 시작과 소멸을 보면 대상이 바뀐다 해도, 같은 경로를 되풀이하기 마련이니, 상대가 대니얼이던 루든 말이다.

이 영화는 너무 섬세하고 정교하고 아름다워서, 한 마디로 말할 수가 없다. 마고가 남편을 떠났다고 해서 잘못했다고 비난할 수 없는 일이며, 그저 머물러 있다고 잘했다고만 할 수도 없는 일이다.

시누이 제랄딘은 마고에게 이렇게 말했다.

"어차피 삶은 빈틈이 있게 마련이야. 미친 사람처럼 그걸 일일이 다 메울 수는 없는 일이야."

에리히 프롬은 명저 『**사랑의 기술**』에서 이렇게 썼다.

"누군가를 사랑한다는 것은 단순히 강렬한 감정만이 아니다. 그것은 결의이고 판단이고 약속이다."

도덕 교과서 같은 말이지만, 이것은 인생의 엄숙한 진리이다. 진정으로 성숙한 사랑, 성숙한 사람만이 이룰 수 있는 경지다. 우리는 누구나 미숙하고 서투르지만, 결코 잊지는 말아야 할 말이다. 물론 이 말을 들이대기에 마고는 너무 젊고, 연약하고, 불안하고, 외롭다.

새로운 사랑을 찾아 떠나지만, 똑같이 허무함에 주저앉는 마고. 영화를 보다보면 떠오르는 물음이 있다. 그녀는 왜, 글을 쓰지 않을까. 프리랜서 작가인 그녀, 진정 자기가 쓰고 싶은 글을 언제까지 보류할 건가. 이제 관계의 여행이 아니라, 자신만의 내면 여행을 떠날 때인 것을. 마지막 장면, 홀로 놀이기구를 타며 쓸쓸히 웃는 그녀의 모습을 보면 새로운 시작을 예감케 된다.

(아, 이 역시 지극히 이성적일 뿐인 말이거늘, 이토록 아름다운 음악과 풍경, 그리고 턱을 괴고 쳐다보는 대니얼의 매혹 앞에서 그 누군들 흔들리지 않으랴.)

나를 위한 왈츠

왈츠 포 모니카 | 페르 플라이 감독. 2013 (스웨덴)

인간이 비로소 성숙해지는 시기는 가장 외로운 때, 모든 것을 잃어버린 것 같은 때가 아니던가. 성공의 정점일 때가 아니다.

금발의 어여쁜 여인 모니카 제틀랜드는 재즈가수다. 전화교환수에서 마침내 스웨덴을 대표하는 여가수로 성공한 여인이다. 당시 스웨덴은 재즈가 제대로 없던 시절인데, 무명 악단의 싱어로 노래하던 모니카는 꿈에 그리던 재즈의 고향, 뉴올리언스에서 노래를 하게 된다.

하지만 흑백차별이 심한 그곳에서 오히려 백인이란 이유로 노래를 못하게 되고, 존경하던 가수를 만나 자신의 노래를 들려준다. 그러나 그 흑인재즈가수는 당신이 뉴올리언스의 정신을 아느냐고 차갑게 대한다. 당신 나라 말로 노래를 하라고 꾸짖는다. 침울하게 스웨덴으로 돌아온 모니카는 스웨덴어로 재즈를 부르며 주목을 받기 시작한다. 스웨덴 시인의 가사로, 감성적이고 시적인 노랫말로 사람들의 마음을 울린다.

그렇지만, 그녀가 그토록 인정을 받고 싶었던, 음악가 출신의 아버지는 그녀의 노래를 단 한 곡도 듣지 않는다. 모두가 박수갈채를 보내지만, 성공의 정점에서 알코올에 의존하던 그녀의 몸과 정신은 점점 망가져간다. 그녀의 곁을 지키는 베이시스트, 스투레의 말대로 오만하리만치 자신감에 넘치지만, 때로는 금방 무너질 듯 절망감에 휩싸이는 여인, 아버지의 인정을 갈구하는 가련한 어린아이일 뿐인 것이다.

술에 의존하여 하루하루를 보내던 그녀가 모든 것을 잃어버리는 순간이 온다. 아버지는 술에 취해 엉망으로 사는 그녀에게, 자식을 제대로 키우지 못한다고 말하며, 소중한 딸을 데려가 버린다. 그녀 옆에 누구도 남아있지 않을 때, 미련 없이 한 병의 수면제를 삼킨다. 깨진 유리컵에 발을 베어 피를 흘린 채.

자살기도 후, 비로소 긴 잠에서 깨어난 것 같은 모니카는 자신이 정말 하고 싶었던 것을 한다. 바로 세계적인 재즈 피아니스트 빌 에반스와의 공연이다. 마치 아마추어 가수처럼 빌 에반스의 매니저와 접촉을 하고, 테이프를 녹음해서 보낸다. 음반회사는 가망 없는 일이라고 말리지만, 스스로 제작비를 대겠다고 까지 하며, 일을 추진하여 마침내 꿈의 무대 뉴욕에 선다(빌 에반스가 피아노 반주를 한 것은 이 때뿐이라고 한다).

그 곳에서 그녀는 한없이 부서지기 쉬운 그녀의 내면을 이해하던 남자, 스투레에게 바치는 노래 '모니카의 왈츠'를 부른다. 그녀가 그토록 외면하려했던 평범한 사람, 그러나 진정 사랑했던 사람이다.

모니카는, 같이 살던 영화감독의 말대로 끝없는 애정결핍이고, 모든 사람의 사랑을 받기 원하지만, 실은 단 한사람, 아버지의 인정과 사랑을 원하는 어린아이였고, 그것은 결국 자기 자신의 인정과 사랑이었다. 겉으로는 몇 만 명, 아니 스웨덴 전 국민의 인정과 박수갈채였지만, 자신이 자신을 인정하고 사랑했더라면, 그토록 영광과 좌절의 시소를 타지는 않았을 것이다. 비록 유로비전 콘테스트에서 0표를 받았더라도 말이다.

꿈을 위해 치열하게 살며, 꿈을 이루고 마침내 그 꿈이 얼마나 모래 위의 집인가를 처절히 깨달은 한 여자의 인생, 그러나 그 모두를 맛보았던 여자가 다시 평범한 삶의 소중함을 알고, 부나 명예가 아니라 자신이 진정 원하는 것을 찾아 나설 때의 울림은 진정 크다. 단순한 성공이 아니라, 진짜 꿈을 찾아나서는, 평생을 전화교환수로 살 수도 있었던 여인의 불꽃같은 일생을 그린 영화다.

노래하라,
삶의 긍정을

헤어드레서 | 도리스 도리 감독. 2010 (독일)

몸매만큼이나 풍성한 삶의 긍정을 소유하고 있는 헤어드레서 카티. 그녀는 미용실을 찾은 손님이 허리가 아프다고 하소연하자, 그건 아무 것도 아니라며, 자신은 모든 것을 잃은 데다 병까지 생겼지만 그래도 인생은 살만한 거라고 말한다. 그리고는 머리를 손질하는 동안 손님에게 자신이 겪은 파란만장한 체험담을 들려준다.

그녀는 자신의 친구와 바람을 피운 남편과 헤어지고, 사춘기 딸과 함께 어릴 적 고향이던 베를린으로 온다. 통일이 된 지 얼마 지나지 않은 베를린은 여러 가지 문제로 어수선해 보인다. 미용실에 취직을 하려하지만, 실력과는 상관없이 너무 뚱뚱하단 이유로 거절당하고, 하나뿐인 딸은 그녀에게 냉담하기만 하다. 고민 끝에 자신의 미용실을 차리려 동분서주하지만 보증금은 턱없이 부족하다. 겨우 이동미용실을 차려, 양로원에서 동전들을 모으지만 이마저도 여의치 않아 경찰에 잡히는 신세가 된다.

대출을 받으려 해도 잘 되지 않고, 어쩔 수 없이 딸이 모은 돈까지 몰래 털어 미용실을 차리려하나, 이번엔 또 취업센터가 파업 중이다. 도대체 되는 게 없는 인생인 그녀 앞에 단번에 큰돈을 만질 수 있는 기회가 오는데, 바로 베트남인들인 불법 이민자들을 수송하는 일이다. 딸의 돈을 갚기 위해 딱 한 번만 일을 하기로 한 카티는 이 일로 인해 난생 처음 새로운 것들을 보고, 낯선 일들을 경험하게 된다.

아침에 일어날 때 커튼 줄을 붙잡아야 일어날 수 있을 만큼 뚱뚱한데다, 어느 날 갑자기 남편에게 버림받고, 취직도 잘 되지 않고, 다발성 신경경화증까지 걸린 이 여인은 어쩌면 이리도 낙천적인 걸까?

그녀를 괴롭히는 현실은 잔인하지만, 자신이 뚱뚱하다고 뚱뚱한 남자를 좋아하란 법 있냐며 호감을 보이는 남자를 거절하는가하면, 자신을 버린 남편이 늘씬하고 멋있다는 말을 하는 이 여인의 철없음이 사랑스럽다. 그건 아마 다리의 감각이 마비된 채 꼼짝할 수 없을 때, 달려온 119 구조대원에게조차 농담을 건네는 유쾌함 때문일 것이다. 지금 농담할 때가 아니라고 구조대원에게 혼나기는 하지만, 인상 쓴 채 내 인생이 왜 이 꼬락서니냐고 불평해봐야 달라지는 게 뭐가 있을까. 이 진리를 그녀는 진즉에 알고 있었음이 분명하다.

이 영화엔 딱 한 번, 베드신이 나온다. 그녀의 거대한 알몸이 고스란히 나오는데, 의외로 아름답고 섹시하다. 아마도 그녀를 그저 한 여인으로 보아주고, 따뜻한 위로가 되어준 남자, 그리고 둘의 관계 때문일 것이다.

자신의 꿈이던 미용실 개업도 좌절되고, 관계가 막 회복된 딸도 미국으로 떠나고, 그녀 옆엔 아무도 없는데다 남은 것은 다발성 신경 경화증뿐이다. 그래도 그녀는 씩씩하다. 손님에게 그간의 경험을 이야기해주며, 머리를 상큼하게 염색해주는 그녀는 행복해 보인다. 어쨌든 취직을 해서 손님의 머리를 매만지는 카티는, 머리를 예쁘게 꾸며 줄 때가 가장 행복한 헤어드레서니까.

엔딩장면은 마치 인도영화처럼 신나게 춤추며 끝이 난다. 풍성한 몸매의 여인들이 춤추는 장면은 그녀들이 입은 물방울무늬 옷만큼이나 발랄하다. 삶이 항상 즐겁기만 한 것은 아니나, 그렇게 또한 즐겁지 않을 까닭도 없다. 삶에 끌려 다닐 것인가, 아니면 웃으며 끌고 갈 것인가. 많은 부분, 본인의 선택이다.

춤추지
않으시겠습니까?

에브리씽 머스트 고 | 댄 러쉬 감독. 2010 (미국)

잘 나가던 회사에서 잘리고, 부인에게 쫓겨나 자신의 물건들은 마당에 내팽개쳐지고, 은행계좌는 정지되어 좋아하는 맥주 한 캔 못 사는 신세가 된다면? 실은 영화의 흔한 소재다. 코엔 형제의 영화 **〈시리우스 맨〉**처럼 주인공이 밑바닥으로 팽개쳐지는 것은 영화의 단골 소재이다. 하지만 이 영화는 좀 다르다.

〈시리우스 맨〉처럼 삶의 본질적인 질문을 하는 것도, 윌 스미스가 주연한 **〈행복을 찾아서〉**처럼 고생 끝에 낙이 오는 이야기도 아니다. 코미디라고는 하지만 어딘지 좀 심심한 코미디다. 하지만 따뜻하다. 집도, 차도, 부인도, 직장도 다 잃어버렸지만 조금씩 인간(?)이 되어가는 모습을 지켜보고 있노라면 가슴 깊은 곳에서 따스한 기운이 번져

나온다.

인간이 되어간다는 건 다른 게 아니라, 자신 안에 있던 선함을 일깨우는 뭔가를 만난다는 것이 아닐까? 그것은 사람이 갑자기 달라지는 게 아니라, 자신 안에 있었지만 스스로도 미처 몰랐던, 묻혀있던 보물(20년 만에 만난 친구 덜라일라의 표현대로)을 발견하는 것이다.

집 열쇠를 바꿔버리고 떠난 데다, 모든 은행계좌를 정지시킨 부인 때문에 주인공 닉은 실직에도 모자라 졸지에 자기 집 마당에서 생활하는 신세가 된다. 이건 불시에 당한 일이라기보다는 자업자득인 셈이다. 알코올 중독에다 성추행 혐의까지 받고 있는 터, 옆 집 남자의 말을 빌리면 "언젠가는 이럴 줄 알았어"이다. 그래서일까? 닉은 크게 분노하는 것 같지도 않다. 지은 죄가 있으니 그저 망연자실할 따름이다.

부인이 내다놓은 자신의 물건들과 함께 꼼짝없이 마당에서 살게 된 닉은, 할 일없이 자전거를 타고 배회하던 흑인 소년 케니를 만나고, 의외로 똑똑한(?) 케니와 함께 마당세일(yard sale)을 한다. 아리조나 주 법에 의하면 자기 집 마당에서 생활하는 건 불법이며, 5일간의 yard sale만 허용될 뿐이어서, 딱히 다른 방법이 없는 것이다. 손때 묻은 자신의 물건들을 팔기 시작하며, 물건에 담긴 추억들을 더듬어 보는 닉. 그를 지켜보며 조금씩 묘한 우정을 쌓아가던 옆집 여인, 아만다는 말한다.

"다 팔고 나면 홀가분할 거예요."

여유로운 삶을 살아가던 중년의 남자, 하루아침에 모든 걸 잃어버린 이 남자에게 남은 것은 무엇일까? 이런 것들이 없어도 살 수 있구나 하는 건 아닐까? 집, 차, 직장, 아내까지도. 영화가 끝나도 닉의 삶에 엄청난 변화는 없다. 부인한테는 공식적으로 이혼통보를 받으며, 여전히 실직 상태다. 하긴 겨우 5일간의 이야기일 뿐이다.

아마도 닉은 다시 전처럼 부지사장의 자리에 오르진 못할 것이고, 잃어버린 부인을 되찾지도 못할 것이다. 하지만 외로운 소년 케니와 주말이면 야구를 보러 갈 것이고, 가끔은 이사 간 아만다와 전화통화라도 할 것이다. 그리고 밥벌이 정도는 하겠지. 20년 전 마음 속 보물을 알아준 친구 딜라일라와 커피를 마시고 데이트를 할지도 모르겠다. 아, 아마도 알코올 중독자 모임에 나가 자기 이야기를 하고 있을 것이다.

지갑을 잃어버린 다음날 영화를 보아서 그런지, 이 영화의 울림은 의외로 컸다. 돈, 상품권, 카드, 신분증과 각종 쿠폰이 가득 든 지갑. 나름의 여러 스트레스 때문에, 마치 닉처럼 넋 나간 모습으로 돌아다니다 벌어진 일이었다. 분실인지, 도난인지도 모를 일이었다. 경찰까지 동원하여 CCTV를 보는 등 난리를 쳤지만, 포기하고 나니 알 수 없는 시원함이 밀려왔다.

'이런 것들, 뭐 없어도 괜찮네'하는 마음, 비우면 된다는 말의 의미를 온몸으로 알 것 같은 마음이었다. 중요한 건 얻는 것이 있으면 잃는 게 있듯이, 잃는 게 있으면 얻는 것도 있는 법, 그게 삶의 이치다.

영화는 그저 아만다와 따뜻한 포옹을 나누고, 케니에게 수고비를 쥐어주며 악수를 하는 정도로 끝이 나지만, 절로 뒷이야기를 상상하게 되는 건 그만큼 영화가 현실적으로 다가오기 때문이다.

모든 걸 잃어도 여전히 남는 건 자신의 안에 있는 선함, 그리고 다른 이들과의 따뜻한 우정, 뭐 그런 게 아닐까. 요란하고 선정적인 영화들 사이에서 이 영화의 담담함, 그리고 따뜻한 우정이 너무나 사랑스럽다.

"춤추지 않으시겠습니까, 모든 것은 다 지나가게 마련이니."

(이 영화의 원래 제목은 〈춤추지 않으시겠습니까?〉이고, 레이먼드 카버의 단편소설을 모티브로 만들었다.)

Picture

THREE

"인생이란 경기장에서"

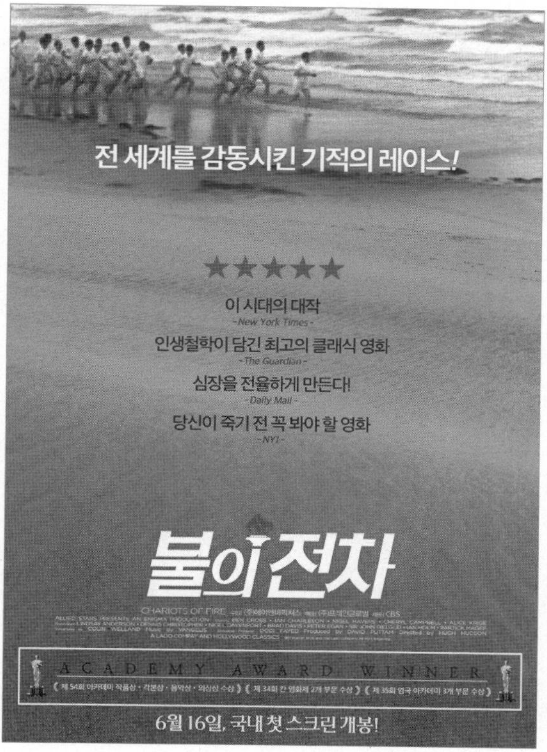

에릭이 주일이 아닌 평일에 펼쳐진, 400미터 경기를 앞두고 있을 때

어느 코치가 이런 쪽지를 건넸다.

" 옛날 책에 이런 말이 있네.

나를 존중히 여기는 자를 내가 존중히 여기리라"

인생이란 경기장에서

불의 전차 | 휴 허드슨 감독. 1981 (영국)

영화 **〈불의 전차〉**는 오래전부터 신화였고 전설이었다. 영화를 보지도 못한 채, 이곳저곳에서 주인공 에릭 리들의 이야기가 들려왔다. 그의 이야기가 궁금했던 나는 에릭 리들의 일대기, 러셀 램지가 쓴 **『불의 전차, 그리고 그 후』**라는 책까지 사서 읽었다.

주일날 교회에서 예배를 드리고 나오다가 **〈불의 전차〉** 포스터가 붙어있는 것을 보았다. 1981년 아카데미 작품상이란 글귀가 유독 눈에 띄었다. '재개봉 열풍에 힘입어 다시 개봉을 하나'라는 생각을 하고 돌아섰다. 하지만 재개봉이 아니라, 국내 첫 개봉인 것은 후에 알았다. 너무 기독교적이라는 이유로 아카데미 작품상을 받은 영화 중 유일하게 국내 개봉이 되지 않았던 영화였다.

일이 있어 서울에 갔다가 마침 시간이 맞아서 딸과 함께 영화를 볼 수 있었다. 메가박스 코엑스몰, 유일하게 상영을 하는 곳이었다. 그런데 전설적인 영화를 비로소 대면하는 느낌은 뭐랄까, 조금은 낯설고 지루함을 동반했다. 함께 보던 딸도 조금 졸음이 오는 듯 했다. 적어도 이십대의 팔팔한 청춘이 몰입해서 볼 영화는 아니었다.

하지만 너무나도 유명한 반젤리스의 주제음악과 함께 해변에서 청년들이 달리기를 하는 첫 장면은 영원히 기억에 남을 것이었다. 그 장면과 그 음악 하나 만으로도 이 영화에 투자한 시간과 돈이 아깝지 않을 듯 했다. 마지막 장면도 마찬가지다. 모든 스토리가 끝나고, 똑같이 해변에서 달리기를 하는 장면이 나오는데, 처음 장면과는 느낌이 다르다. 한 사람 한 사람에 담긴 스토리를 다 알고 나서, 그 얼굴을 보는 것은 정말이지 그 느낌이 다르기 때문이다.

1924년에 열린 파리 올림픽 육상 경기의 영웅을 다룬 이 영화의 주인공은 두 명, 헤럴드 에이브람스와 에릭 리들이다. 에이브람스는 성공을 향한 열망으로 가득한, 투철한 신념의 유대인이고, 에릭 리들은 온유해보이지만, 원칙적이고 신실한 스코틀랜드 기독교인이다. 영화는 이 두 젊은이가 파리 올림픽에 참가해서 메달을 목에 걸기까지의 과정을 다루었다.

에이브람스와 에릭 리들은 둘 다 100미터가 주 종목이었다. 그런데 에릭은 일요일에 예선전이 펼쳐지자, 주일에는 달리지 않겠다고 하여 메달을 포기한다. 이 일로 온갖 비난과 오해가 생겼지만, 그는 뜻을

굽히지 않았고, 마침내 주 종목이 아닌 400미터에 출전하여 금메달을 목에 걸고 영웅이 된 인물이다. 에이브람스는 에릭이 포기한 100미터에서 금메달을 목에 건다.

에이브람스의 경우 그토록 갈망하던 메달을 따고나자, 이상한 허탈감 같은 것이 엄습한다. 간절히 바라던 것이 현실에서 이루어졌을 때 오는 허탈감이란 충분히 이해된다. 하지만, 에릭의 경우는 처음부터 메달이 목적이 아니었다. 그의 말에 따르면, "하나님은 나를 빠르게 만드셨다. 나는 달릴 때 하나님의 기쁨을 느낀다"라는 것이고, 달리는 것을 통해 '하나님의 영광을 드러내는 것'이 목적이었다.

생각해보라. 예선 날짜가 주일이라고 해서, 한 국가의 대표가 경기를 포기한다는 것이 얼마나 지탄받을 일인가를. 얼마나 융통성 없는 보수주의자, 원칙주의자라고 비난받을 것인가를. 그러나 1920년대라는 시대도 감안해야겠지만, 어쨌든 그런 사람은 '하늘에 속한 사람'인 것이고, 어쩌겠는가. 세상의 부, 명예, 즐거움 모두를 뛰어넘은 사람인 것을.

그러기에 에릭은 올림픽 영웅이란 화려한 이력을 뒤로 한 채, 다음해 중국에 선교사로 가게 된다. 그리고 1945년, 일본의 감옥에서 병에 걸려 생을 마감한다. 출소할 수 있는 기회를 임산부에게 양보한 채. 참으로 그다운 죽음이다(수용소에서는 기꺼이, 주일날 경기에도 학생들의 심판을 봐주었다고 한다).

에릭이 주일이 아닌 평일에 펼쳐진, 400미터 경기를 앞두고 있을 때 어느 코치가 이런 쪽지를 건넸다.

"옛날 책에 이런 말이 있네. 나를 존중히 여기는 자를 내가 존중히 여기리라."

신앙심이 깊지 못한 나도 이 구절에는 그만 코끝이 찡해졌다. 구약 성경 사무엘상 2장 30절에 있는 말씀이다. 이 구절은 오래도록 남아 내 인생의 시금석이 될지도 모르겠다. 아니, 꼭 그랬으면 좋겠다. 세상은 갈수록 혼란스럽고, 진짜 중요한 것이 무엇인지 잊은 채, 다만 질주하고 있다.

어쨌거나 에릭은 400미터 경기를 불의 전차처럼 달려서 1등을 하였고, 불멸의 영웅이 되었다. 그리고 또 한 명의 주인공, 에이브람스는 에릭의 이런 행동들을 경이롭게 지켜본다. 그리고 떠들썩한 영웅의 환영식을 뒤로 하고, 홀로 조용히 귀국하여 사랑하는 여인과 포옹한다. 마치 금메달보다 더 중요한 것이 이런 것이라는 듯.

인생은 한 편의 연극이다

안나 카레니나 | 조 라이트 감독. 2013 (영국)

누구나 알지만, 모두가 읽지는 않는 게 세계명작이라고 했다. 명작 중의 명작 **『안나 카레니나』**. 수없이 많은 감독과 배우가 비극의 아이콘, 안나 카레니나를 영상으로 불러내었다. 이제는 식상할만한 그 인물이 다시 우리 앞에 서서, 뭐라고 할 말이 있는 듯 가만히 응시하고 있다.

비슷비슷한 것이라면 되풀이될 필요가 없다. 이번엔 연극적인 방법을 불러왔다. 무대세트 위에서 배우들이 움직이는 것이다. 서사극적 방법이다. 격정적인 이야기에 빠져들 만하면,"저건 가짜야, 무대세트와 배우들의 연기야" 라고 말하는 것이다. 같은 이야기를 해도 새로운 옷을 입고 말하면 신선하게 바라볼 수 있는 것이다.

스토리도 같고 메시지도 같다. 걸작을 각색할 수는 없으니까. 이

신선하고 매력적인 형식의 **〈안나 카레니나〉**를 보며, 이런 생각을 했다. '이성과 감성, 또는 사고와 감정 중에서 과연 어느 쪽의 손을 들어줄 것인가'라고.

감정과 격정의 대표, 안나 카레니나는 스스로 죽음을 택하며 파멸의 길로 갔고, 이성과 냉정의 대표 알렉세이 카레닌은 평화로운 얼굴로 아이들을 지켜보는 채 영화는 끝이 났다. 하지만 평화롭게 일렁이는 풀밭 역시 무대의 세트일 뿐임을 보이며 끝난다.

또 하나의 인물, 어여쁜 여인 키티를 사랑하지만 함부로 고백을 못하는 청년 레빈. 그는 이성을 신봉하노라 말하지만, 영화의 끝 무렵에 고백한다. 사랑하는 여인 앞에서 깨달은 게 있노라고. 말해보라는 여인에게 미소만 지은 채 입을 다물지만, 아마 이런 말이 하고 싶었던 것 같다.

"사람은 이성으로만 살 수 없어, 그런 줄 알고 살았지만 머리가 아니라, 때로는 감정이, 가슴이 시키는 대로 해야 해."

대작가 톨스토이는 아마도 그런 말을 하고 싶었을 것이고, 감독은 충분히 그 목소리를 전달했다. 아주 새롭고 매력적인 형식으로.

안나는 그 누구에게도 이해받지 못한 채 죄책감에 시달리다 파멸의 길로 갔지만, 영화는, 아니 톨스토이는 알렉세이의 손도, 안나의 손도 들어주지 않은 것 같다. 그저 인간은 그 한 쪽으로만 살 수 없다고.

이성과 감성, 사고와 감정 모두가 다 필요한 존재라고. 이 두 개의 날개로 균형을 잡을 때에야 비로소 성숙한 인간이 될 수 있는 것이다.

이것은 또 영혼과 육체에도 해당이 되는 것이니, 인간은 영혼만으로도 육체만으로도 살 수 없기 때문이다. 둘의 조화와 균형 속에서 인간의 참된 아름다움이 드러날 수 있을 것이다. 물론 너나없이 그러기란 얼마나 어려운 것일까만(한 쪽으로 치우친 게 인간이니), 이 사실을 인식하고 있는 것만으로도 조금은 더 인생을 잘 살아낼 수 있을 것이다. 마치 톨스토이의 분신 같은 레빈처럼.

그는 소심해보이면서도 진지하다. 그리고 지주이면서도 농부들 사이에서 함께 일을 하며, 그들에게서 지혜를 얻는다. 마치 안나와 알렉세이의 대안으로 내세운 인물로 보인다.

너무나 알려진 이야기, 수없이 되풀이되어 만들어진 영화를 이렇게 새롭게 다가오게 하는 건 감독의 뛰어난 역량 덕분일 것이다. 키이라 나이틀리와 주드 로 등, 기존의 작품들과 다른 이미지로 다가오는 배우들의 모습도 새로운 재미를 준다.

와즈다가 사는 나라

와즈다 | 하이파 알 만수르 감독. 2012 (사우디 아라비아)

사우디아라비아 최초의 상업영화라는 〈**와즈다**〉는 재미있다. 그리고 사랑스럽다. 영화를 통해 사우디라는 나라를 직접 들여다보는 경험은 신기하고 놀랍다. 그 세상은 여느 중동의 이슬람국가와 마찬가지겠지만, 여자가 외출할 때면 온몸을 검은 천으로 휘감고 다녀야한다. 여자 목소리가 밖에 들리는 건 벗은 몸을 보여주는 것과 같다고 말한다. 또한 낯선 남자의 눈에 띄어도 안 되고, 여자는 운전도 할 수 없다. 그리고 무엇보다 여자는 자전거를 탈 수 없다.

이런 세상에서 사는 열 살 소녀 와즈다는 몹시도 자전거가 타고 싶고, 남자 아이와 자전거 시합을 하고 싶은 아이다. 여자와 남자는 태어날 때부터 그 신분이 하늘과 땅 차이인 곳에서 살아가는 여자 아이

와즈다는 사회야 어떻든, 남들의 시선이 어떻든 하고 싶은 대로 해야 하는 당찬 아이다. 그래서 늘 말썽쟁이, 사고뭉치 역할로 존재한다.

아들을 낳지 못하는 와즈다의 엄마는 아빠가 새 장가를 갈까봐 전전긍긍하며, 아빠에게 예쁘게 보이려고 최선을 다한다. 물론 와즈다의 자전거는 절대로 반대이며, 남녀가 함께 근무하는 것을 보고 좋은 일자리도 거부하는 체제순응주의자다. 오매불망 자전거를 사기위해 장식 띠를 만들어 팔고, 연애편지를 전달하며 돈을 모으던 와즈다에게 눈이 번쩍 뜨이는 소식이 들린다. 상금이 걸린 코란 암송대회다. 이제 와즈다는 말썽꾸러기에서 모범생으로 거듭나기로 결심한다. 오직 자신만의 자전거를 위해!

이 영화가 사우디에서 상영된(정식 극장이 아닌 문화센터 등지에서) 2012년 이후로 여자들의 자전거 타기가 허용되었다고 한다. 온몸을 검게 휘감은 채로, 남자가 동행할 때는 가능하게 되었다. 일부 지역일 뿐이라지만, 영화가 법을 바꾼다는 건 놀라운 일이다.

여자의 권리도 권리지만, 이슬람 율법에 꽁꽁 묶여 문화와 예술을 인정하지 않는 그 곳 사람들은 어떻게 살아갈까? 그 부자나라가 여가를 어떻게 누리면서 사는 걸까? 영화를 보다보면 와즈다의 아버지가 거실의 대형벽걸이 TV앞에서 게임을 하는 장면이 나온다. 사우디의 자연스런 일상 풍경인 모양인데, TV와 게임이 일상인 나라에서 영화관이 없다는 모순이라니. 무엇이 금지이고, 무엇을 허용한다는 건지 모르겠다. 외국의 문화는 이미 깊숙이 삶 속에 침투해 있는데, 여인의 몸을 아무리 검은 천으로 꽁꽁 묶어놓은들 변화의 바람을 멈출 수는 없지 않을까.

와즈다는 질문을 던지는 영화다. 단도직입적으로가 아니라, 조금은 빙 돌려서, 그러나 누구나 알아차릴 만큼 단호하게 묻는다. 이런 세상도 있다고, 이런 세상에 대해 어떻게 생각하시냐고, 그 세계를 벗어나 딴 나라에서 공부를 하고 온, 살해위협까지 받은 젊은 여성감독이 묻는다.

"당신들 세상이 전부가 아니에요, 눈을 떠야 해요."

그런데 이 영화의 힘은 체제를 당장 바꾸어야 한다고 힘주어 주장하지 않는데 있다(물론 그랬다면 가차 없이 상영금지가 되겠지만). 자전거를 타고 싶다는 금지된 욕망을 기존의 충실한 방법, 코란 외우기로 이루게 하려고 한다. 실제로 와즈다의 코란 암송은 매우 아름답게 들린다. 새벽에 일어나 함께 경건한 모습으로 기도하는 엄마와 와즈다의 모습도 그렇다.

꿈을 이루는 근거도, 소재도 현실에서 찾는 것 외에 방법이 없다. 실제로 이런 경건함 때문에 영화를 문제시하지 않고, 법을 바꾸는 데까지 나아간 게 아닐까. 참으로 똘똘한 방법이다. 와즈다처럼,

꿈을 현실로 이루는 것은 지금 내 손에 있는 것부터 확인하는 것이다. 그리고 책읽기조차 더듬거리던 와즈다가 피땀 어린(?) 노력 끝에 암송하는 코란처럼 지금 할 수 있는 일에 최선을 다해야 한다.

남이야 뭐라던 자신이 원하는 것을 솔직하고 꾸밈없이 해나가는 와즈다는 한없이 사랑스럽다. 물론 그렇게 해서는 절대 칭찬을 받을 수 없다. 어른이 된 와즈다는 어릴 때와는 비교도 안 되는 커다란 벽에 부딪힐 테지만, 혹시 아는가, 영화감독이라도 되어 나타날는지! 아마도 와즈다는 사우디 최초의 감독이며, 최초의 여성감독인 하이파 알 만수르의 어릴 적 모습일 테니 말이다.

삶이 그대를 속일지라도

러브, 로지 | 크리스티안 디터 감독. 2014 (독일, 영국)

삶이 팍팍할 때 한 편의 영화가 위로가 되기도 한다. 달콤한 로맨스 영화가 잠시나마 한 조각 위안이 될 때, 우리 여자들은 말한다.

"세상에, 저런 남자가 어디 있어?"

하지만, 어딘가에 있다는 작은 희망 하나를 몽땅 버리지는 못한다.

12년 동안이나 좋아한다는 고백 한번 시원하게 못한 채 서로의 주변을 맴도는 남녀가 있다. 로지와 알렉스, 그들은 아주 어릴 적부터 둘도 없는 단짝 친구다. 무슨 일이 생기면 가족보다 먼저 서로에게 달려가는 둘도 없는 친구다. 이제 막 성인이 된 이들에게 미묘한 감정들이 생겨나지만, 친구에서 연인으로 넘어가기란 하늘의 별이라도 따는 것처럼 어렵다. 서로를 너무나 잘 알고, 너무나 배려하기에 조심스럽기만 하다.

그런데 이 영화, 그저 달콤한 로맨스 영화인 줄로만 알았는데 뜻밖에 현실이 담겨있다. 영화의 초반에 로지는 그만 임신을 한다. 그것도 전혀 사랑하지 않는 남자의 아이이다. 보스턴의 대학으로 함께 가자던 로지와 알렉스의 약속은 물거품이 되어버리고, 로지는 알렉스에게 이 사실을 숨긴 채 미혼모로 고향에 남는다.

갓 스물이 되었을 엄마 로지, 그녀의 삶은 엉망이 된다. 알렉스와 함께 보스턴의 대학에서 호텔경영을 공부하겠다던 꿈은 산산조각이 나고 한 아이의 엄마로, 호텔청소부로 살아간다.

하지만 로지는 사랑스럽다. 꿈은 저 멀리 사라졌지만, 그녀의 딸은 어여쁘고, 부모님은 그녀의 한결같은 응원군이다. 그런데 알렉스와 그녀, 서로를 향한 마음은 변함이 없는데, 타이밍은 한 번도 맞은 적이 없다.

영화를 보다보면 이런 생각이 든다. 사랑하는 남자를 만나 결혼하고 애 낳고 사는 일이 그토록 어려운 것인가? 로또당첨보다 더 어렵게 느껴질 지경이니, 조금만 더 마음이 시키는 대로 단순하게 고백하고 살면 안 될까, 싶은 것이다.

12년의 엎치락뒤치락 끝에, 온갖 사연들의 꼬임 속에서 마침내 해피엔딩, 서로의 마음을 확인하고 결실을 맺는 둘을 보며 극장 문을 나서는데 이런 생각이 드는 거였다.

"역시, 인생은 오래 살고 볼 일이야. 살다보면 좋은 일이 오게 마련이야."

물론 세상에, 그렇게 잘생기고 멋지고 배려심 깊은 남자가 첫사랑인 여자를 한결같이 그토록 좋아해주는 일은 결코 없을 것이다. 꿈같은 일, 영화니까 가능한 일이다.

하지만 영화에서 백 프로 현실을 확인할 필요는 없다. 꼬일 대로 꼬인 로지의 험난한 인생을 따라가다 보면, 마침내 꿈을 이루고 사랑하는 남자에게 안기는 그녀를 보며 마음이 행복해지지 않을 수가 없다.

삶이 그대를 속일지라도, 견디며 살다보면 좋은 일이 반드시 있을 것이니까. 알렉스만큼 멋진 남자가 나만을 보며 등 뒤에 서 있을 확률은 없지만, 간절히 바라던 일이 현실에서 손 내밀고 악수를 청하는 일은 반드시 있는 법이니까.

시간이 흐르고,
사랑도 흐른다

사랑에 대한 모든 것 | 제임스 마쉬 감독. 2014 (영국)

이 영화는 사랑 이야기가 아니다. 시간에 대한 이야기다. 스티븐 호킹과 그의 첫 부인 제인 와일드와의 만남과 사랑, 그리고 이별에 관한 이야기이다. 하지만 제목처럼 사랑에 대해 말하고 싶은 것이 아니라, 한 인간의 역사, 강철 같은 의지, 그리고 마음의 변화에 대한 이야기이다.

원제는 〈The theory of everything〉인데, 제인 와일드의 자서전을 바탕으로 만들었다고 한다. 한글 제목은 진부하지만, 원제는 멋지다.

스티븐 호킹이 누구던가. 바싹 마른 몸으로 휠체어에 의지한 채, 목소리조차 기계에 의존하면서도 우주의 시작을 이론으로, 공식으로 설명해낸 사람이 아니던가. 그의 드라마틱한 생애를 영화로 만들었다니 흥미롭지 않을 수 없다.

영화의 시작은 너무나 로맨틱하고 아름답다. 캠브리지 대학에서 물리학을 전공하는 무신론자 스티븐과 중세 시문학을 전공하는 성공회 신자 제인과의 만남, 전혀 어울리지 않을 것 같은 둘은 조금씩 사랑에 빠지게 된다. 하지만 루게릭병으로 진단받은 스티븐이 2년밖에 살지 못한다는 청천벽력 같은 소식을 접하게 되고, 스티븐을 사랑하는 제인은 그 사실을 알면서도 결혼을 결심한다.

영화는 시간이 흐를수록 무력해져 가는 스티븐의 몸을, 에디 레드메인의 뛰어난 연기에 힘입어 생생하게 보여준다. 절망하지만 또 새롭게 일어서는 그의 강철 같은 의지, 그리고 그에 힘입어 쌓여가는 업적과 경력들을 펼쳐 보인다.

또한 제인의 헌신과 사랑, 하지만 시간이 흐를수록 점점 지쳐가는 그녀의 모습도 함께 보여준다. 한결같을 수 없는 그들의 사랑도, 조금씩 변해가는 그들의 모습까지도 관찰할 수 있게 된다.

영화를 보다보면 누구도 나무랄 수 없게 된다. 그렇게 아름답고 헌신적인 부인을 옆에 두고 간호사와 바람이 났다고 호킹을 욕할 수도 없고, 교회 오르간주자와 밀어를 속삭인다고 부인을 뭐랄 수도 없게 된다. 인간의 상황과 관계는 그렇게도 복잡하고 미묘한 것이다.

가장 딱한 것은 영화에서는 그렇게 건강한 미인으로 나오는 간호사 일레인이 실은 재혼한 11년 동안 스티븐 호킹을 구타했다는 사실이다. 그녀에게 반해 부인을 떠난 스티븐 호킹이 바보 같다는 생각이 절로 든다. 남의 가정사야 당사자들만 알 노릇이지만, '제인이 복을 받아 오르간주자와 사랑에 빠지고 결혼을 한 게 아닌가, 스티븐 호킹이 그녀를 놓아준 게 아닌가'라는 감상적인 생각까지 드는 것이다. 물론 일흔이 넘은 호킹 박사는 아마도 콧방귀를 뀔 테지만.

천국이란 어둠이 무서운 자들이 만들어낸 동화라고 호킹 박사는 말했다지만, 제아무리 독실한 신자라도 한번쯤은 떠올려본 생각이 아닐까. 보이는 것만을 탐구하고 추적하고 이론으로 설명하려는 이에게 보이지 않는 세계의 것들을 어찌 믿으라고 할 것인가.

인간은 연약하고, 한결같은 줄 알았던 사랑도, 마음도 시간이 흐르면 변한다. 하지만 그를 보노라면 이런 생각이 절로 든다. 정신만, 오직 정신만 살아있다면 된다고.

시간은 흐르고 마음은 변하게 마련이지만, 사랑과 추억까지 깡그리 사라지는 것은 아니다. 다 사라진 것 같지만, 그것들은 그 자리에 고여 여전히 반짝이고 있다. 그것은 맑은 눈으로 지나온 시간을 들여다보는 자에게만 보이는 것이다.

평범하고 아름다운 삶,
그리고 마무리

나의 어머니 | 난니 모레티 감독. 2015 (이탈리아)

죽음에 대한 우아한 성찰이란 것이 가능한 것일까? 죽음이란 누구나 피해갈 수 없는 것이지만, 두렵고 불편하고 가능하면 외면하고 싶은 대상이 아닌가 말이다. 하지만 그것이 단지 죽음에 대해서가 아니라, 삶의 과정에 대한 것이라면 우아한 성찰이 가능할 수도 있겠다. 이 영화가 바로 그렇다. 어머니의 마지막에 대한 관찰과 기록이지만, 또한 특별할 것 없는 한 여인의 삶에 대한 지극히 담담하고도 아름다운 기록인 것이다.

난니 모레티 감독의 자전적 영화랄 수 있는 이 영화에서, 감독의 분신인 마르게리타는 노동자와 공장주가 대립하고 투쟁하는 영화를 만들고 있는 감독이다. 어머니는 병원에 입원 중이다. 촬영 중인 영화는 마음대로 되지 않고, 어머니는 갈수록 상태가 악화된다. 헤어진 남편과 딸, 애인과의 관계도 혼란스럽다. 설상가상 미국에서 온 괴짜 배우는 대사도 제대로 못 외우는데다 통제 불능이다. 감독으로서, 인간으로서 마르게리타의 스트레스는 극에 달한다.

혼란과 번민 속에서 마르게리타는 자신이 과거에 감독으로서 했던 발언들을 되돌아보고, 이젠 아무 것도 모르겠다고 말한다. 한 바탕 울기도 하고, 불면의 밤을 보내고 하지만, 그 과정에서 담담히 어머니와의 이별을 준비한다. 그리고 평범하지만, 아름다운 여생을 보내고 마무리하는 어머니의 모습을 간직하며 미소로 떠나보낸다.

대단한 스토리나 큰 갈등도 없는, 담백하지만 독특한 이 영화를 보면서(영화는 조금 지루하기도 하다. 우리 삶이 그렇듯), '삶과 죽음의 여정이 저렇게 담담하고 아름다울 수도 있구나'라는 생각이 들었다. 그렇게 삶을 조용히 응시할 수 있는 힘은 어디서 오는 것일까?

병상에 있으면서도 손녀에게 라틴어를 가르치는 모습, 딸이 옆에 있는 것이 제일 좋은 치료제라고 미소 지으며 딸을 바라보는 모습, 돌아가시고 나서 찾아온 제자들이 어머니를 추억하는 모습 등을 보면 평범하지만, 아름답게 여생을 보낸 한 여인의 모습에서 깊고 잔잔한 감동을 받는다.

자신의 색깔로, 자신만이 할 수 있는 이야기를 하고, 그것이 보편적인 공감을 이끌어낼 때의 힘은 실로 엄청난 것이라 하겠다. 칸에서 상영 직후, 객석은 15분간이나 감독에게 기립박수를 보냈고, 그 박수를 받은 감독은 눈물을 보였다고 한다(주인공 마르게리타의 오빠로 출연한 감독의 모습이 흥미롭다). 칸에서의 기립박수 장면을 이 영화의 한 장면으로 편집하면 더없이 훌륭할 것 같다.

칸의 총아라 불리며, 칸 영화제에서 유독 많은 상을 받았던 난니 모레티감독은 **〈아들의 방〉, 〈나의 즐거운 일기〉**등 전작의 수상에 이어 이 영화로, 68회 칸영화제에서 특별상을 받았다.

한 줄기
햇살 같은 영화

미스 리틀 선샤인 | 조나단 데이튼, 발레리 파리스 감독. 2006 (미국)

가족이 있다는 건, 어떤 상황 속에서도 무조건 자신을 지지해주는 이들이 있다는 것이다. 이 영화는 멀쩡한 사람이 하나도 없어 보이는 콩가루 집안의 좌충우돌 이야기 속에서, 가족의 따스함과 사랑을 웃음과 감동으로 버무려 내었다.

마약을 해서 요양원에서 쫓겨난 할아버지, 9단계 인생성공 프로그램만 머릿속에 가득한 아버지, 이런 남편을 한심하게 생각하고 걸핏하면 싸워대는 엄마, 짝사랑에 실망하여 자살을 시도한 게이 삼촌, 이런 집과 세상이 싫어 몇 달씩이나 말을 한 마디도 하지 않는 아들. 이 괴상한 가족 속에는 그래도 해맑음을 잃지 않은 7살짜리 딸 올리브가 있다.

통통한 몸매에도 불구하고 미인대회 나가는 게 꿈이던 올리브가 뜻밖에 미스 리틀 선샤인 대회에 나가게 되는데, 가족들이 올리브의 미인대회 참가를 위해 온갖 해프닝을 벌이는 가운데, 캘리포니아로 이동하면서 겪게 되는 이야기다. 귀엽기는 하지만, 뛰어난 미모는 아닌데다 아이답게 배까지 볼록 나온 올리브가 과연 미인대회에서 상을 받을 수 있을까?

함께 살게 된 삼촌에게 "지옥에 온 걸 환영 한다"던 아들 드웨인의 말대로, 각자의 개성이 얼마나 강한지, 가족이란 이름을 붙이기조차 무색하던 사람들이다. 이들이 함께 여행을 떠나게 되면서, 조금씩 마음을 열게 되고, 특히 가족의 힘을 온몸으로 보여주는 마지막 장면은 눈물이 날만큼 감동적이다. 이는 '리틀 선샤인'이란 이름이 딱 어울리는 올리브의 힘이며, 올리브를 사랑하는 식구들의 힘이다.

가족이란 완벽함과 강함만을 보여주는 존재가 아니라, 연약함과 아픔을 내보여도 괜찮은 존재, 잠시 기대어 쉴 수 있는 오래되고 편안한 의자 같은 것이다. 잠시 앉아 쉬고 나면 다시 자신의 길을 갈 수 있는 힘이 생기는 그런 것이다. 마치 꼬마 올리브가, 비행학교에 못 가게 되었을 때 분노하는 오빠의 옆에 말없이, 가만히 앉아 있어주었듯이 말이다.

2006년에 개봉되어 선댄스 영화제에서 갈채를 받았으며, 아카데미 각본상과 남우조연상(알란 파킨)을 받은 사랑스러운 수작이다. 독특하고 멋진 대본에다 배우들의 톡톡 튀는 연기가 저마다의 색깔로 어우러져, 보고 나면 한 줄기 햇살을 쬔 듯 마음이 따스해지고 기분이 좋아지는 영화다.

어둠과 빛의 이중주

디어 한나 | 패디 콘시딘 감독. 2012 (영국)

얼마나 엄청난 사건을 겪고 나서야 인간은 변화하는 걸까? 짙은 어둠 속, 가느다랗게 새어나오는 한 줄기 빛 같은 영화 **〈디어 한나〉**. 이 영화는 치밀어 오르는 분노를 어쩌지 못해 폭언과 폭력 속에 살아가는 한 남자의 어둠, 그리고 치유에 관한 이야기이다.

짙은 어둠 속에서 영화는 시작되고, 부인이 죽고 난 뒤 더욱 화가 나있는 남자(물론 그전에도 크게 다르진 않았을 것 같다), 조셉은 홧김에 자신의 개를 발길질하여 죽게 한다. 그리고는 사랑하는 개의 발을, 뉘우치듯 쓰다듬고 구덩이를 판다. 하지만 일상처럼 다시 계속되는 욕설과 싸움, 그리고 숨어들듯이 찾아든 자선가게. 거기엔 남모르는 아픔을 지닌 중산층 여인, 한나가 있다.

거리의 부랑아일 수밖에 없는 그에게 미소를 짓고 차를 권하며, 무릎을 꿇고 기도를 해주는 한나. 조셉은 그런 그녀 앞에서 오열한다. 다음날도 그녀의 가게를 찾지만, 한나의 비밀스런 고통을 모르는 그는 독설을 퍼붓고, 다시 혼자서 자책을 한다. 죽어가는 친구를 위해 한나에게 기도를 부탁한 조셉, 친구를 위해 기도해주는 한나의 모습을 보는 그의 얼굴에는 경이로움이 서린다.

나쁜 기억밖에 없다며 낡은 창고를 부수고서, 조금씩 분노를 다스릴 줄 알아가는 조셉. 그런 그에게 어느 날 문득 갈 데가 없다고 찾아온 한나. 그녀에게 있는 커다란 비밀을 알지 못한 채, 어쩔 수 없이 그녀를 돌보게 되는데...

한 남자의 치유와 구원의 여정이라 할 수 있는 이 영화는 또한, 분노를 다스리지 못해 폭력적으로 행동하는 남자(영화의 원제인 Tyrannosaur, 거대한 공룡과도 같은 분노가 내면에 자리 잡고 있는)와 분노를 제대로 표현할 줄 몰라서 파국으로 치닫는 여자에 대한 이야기이기도 하다(한나는 왜 그렇게까지 남편을 용납해주었던 걸까?).

혼자서는 빠져나올 수 없는 절망과 어둠의 구덩이에서 뜻밖의 만남과 사건들의 충돌로 인해 결국은 빠져나올 수 있는 디딤돌이 만들어진 셈이다. 물론 이 영화는 한나를 만나 구제불능이던 망나니, 조셉이란 인물이 변화되는 이야기이다. 하지만 한나 역시 조셉을 만남으로써 비로소 기댈만한 이가 생기고, 영원히 벗어나지 못할 것 같은 구조에서 빠져나오게 되니, 알 수 없는 게 인생 아니던가.

조셉이 한나의 비밀을 알고 돌아오는 길, 나무가 서있는 새벽빛의 풍광이 처연하되 아름답다. 드러난 결과는 끔찍하나 희망을 잉태하고 있기 때문일까? 짙은 어둠으로 시작된 영화는 철조망 위로 보이는 파란 하늘, 팔랑거리는 새, 그리고 환한 낮에 길을 걸어가는 조셉의 뒷모습으로 끝이 난다. 말끔히 차려입은 조셉을 건너다보던 한나의 미소가 어여쁘다.

폭력적인 장면들이 펼쳐지는 어둠 사이사이로 번지는 기타 선율과 함께, 영화를 장식하는 음악들은 무척 근사하다. 배우들의 명품 연기와 더불어 보고나면 참으로 가슴이 먹먹해지는 그런 영화다. 어둠으로 시작했지만, 마침내 한 줄기 빛을 보고난 듯한 느낌이다.

'디어 한나'로 시작되는 편지를 쓰며, 커튼을 활짝 열어 빛을 받아들이는 조셉의 모습이 눈부시다.

추한 외모에 깃든
고귀한 영혼

엘리펀트 맨 | 데이빗 린치 감독. 1980 (영국, 미국)

영화를 보다보면 성스러운 기운이 흐를 때가 있다. 바로 이 영화 **〈엘리펀트맨〉**이 그렇다. 온 몸에 난 악성종양(병명은 다발성 신경섬유근종)으로 심한 기형이 되어 서커스단의 구경거리로 전락한 남자, 그러나 내면은 한없이 착하고 부드러우며 인간다운 품위를 잃지 않은 남자다. 그를 학회에 보고하기 위해 만나기 시작하는 외과의사 프레데릭 트리브스 박사는 그와의 첫 대면에서 충격과 연민으로 눈물을 흘린다. 그만큼 그의 외모는 흉측하고 기이하다.

트리브스 박사를 만나기까지 사람들은 아무도 그가 말을 하고, 글을 읽을 줄 안다는 사실을 몰랐다. 그저 짐승처럼, 괴물처럼 취급당하며 충격적인 서커스 쇼의 대상으로만 알 뿐이었다. 그리고 단장에 의해 채찍질 당하며, 돈벌이의 도구로 취급되어질 뿐이었다. 병원장 카곰은 "그가 당한 일은 아무도, 그 누구도 상상조차 못할 거요"라고 말했다.

이 영화는 실화를 바탕으로 만들었다. 존 메릭이란 전신기형의 이 남자는 1800년대 산업혁명의 연기가 온 영국을 뒤덮던 시대에 살았던 인물이다. 영화 속에서 존 허트가 분장하고 연기하는 이 남자의 외모는 실제모습 그대로다. 의학적 연구를 위해 죽은 뒤 석고로 본 떴다고 하며, 그 모습은 사진으로도 남아있다. 영화는 트리브스 박사의 회고록**『엘리펀트맨과 기타 회고담』**이 바탕이 되었다.

두려움에 질려 자신이 말을 하고 글을 읽을 줄 안다는 사실을 밝히지 못하고, 짐승처럼 채찍질 당하며 갇혀 살았기에, 모두가 정신마저 저능아인 줄로만 알았던 존. 처음 트리브스의 집에 초대받아 그의 아내가 공손하게 손님 대접 하는 것을 보고 눈물을 흘린다.

그를 방문한 여배우와 함께 로미오와 줄리엣의 대사를 번갈아 읽으며 또 다른 세계를 만나고, 그녀에 의해 난생 처음 극장에 초대받아 연극을 보고 놀라움에 사로잡힌다. 처음엔 말조차 하지 않던 그가 조금씩 내면의 고귀함을 내보이며 인간성을 회복하지만, 다시 단장에게 잡혀와 채찍질 당하며 짐승처럼 짓밟힐 때 그는 외친다. 처음엔 한 마디 말조차 않던 그가 사람들에게 소리 질러 외치는 것이다.

"나는 짐승이 아니야, 인간이라고!"

생명의 존엄성을 이보다 더 웅변적으로 말하는 영화가 또 있을까? 존재 자체가 소중한 것이라고, 이보다 더 강렬하게 말할 수 있을까? 가장 충격적인 건 이 영화가 현실이란 사실인지도 모르겠다(존 메릭의 반만큼이라도 닮은 사람이 옆에 있다면, 과연 스스럼없이 근처에 갈 수 있을까? 그 누군들 자신할 수 있으랴).

지독하게 불행하다고 표현할 수밖에 없는 남자, 죽어가고 있는 이 남자의 마지막 말은 이랬다.

"이렇게 사랑으로 충만한 때는 없었어요."

이 말을 하고서, 27세에 짧고도 긴 생을 마감하는 존은 마침내 편안히 침대에 눕는다. 성당 모형을 완성하고 자신의 이름을 사인하고, 그토록 원하던 정상인처럼 조용히 누운 채로.

데이빗 린치 감독이 34세에 만든 이 영화는 흑백이다. 그래서 고전적인 품위를 간직한 채, 인간 내면에 깃든 영혼의 고귀함을 이야기하는데 더 효과적으로 보인다.

존 메릭의 실제 사진을 보면 이 영화의 기이함과 성스러움이 한결 깊어진다. 기괴함과 성스러움이 하나의 풍경으로 다가오는 특이한 경험이다. 그러기에 더욱 잊을 수 없는 한편의 명화로 기억된다.

트리브스 박사는 회고록에서 이렇게 썼다고 한다.

"메릭의 영혼을 살아있는 형체로 볼 수 있다면 그것은 필시 우뚝 선 영웅의 자태일 것이다. 부드러운 눈썹, 성한 팔다리, 그리고 두 눈은 두려움을 모르는 용기로 빛날 것이다."

죽기 전에 보아야하는 100편의 영화 등에 자주 오르내리는 영화. 젊은 날의 안소니 홉킨스와 존 길거드, 앤 밴크로포드 등 명배우들의 모습을 보는 즐거움 또한 놓칠 수 없는 보너스라 하겠다.

영화보다 더 영화 같은 슈가맨의 이야기

서칭 포 슈가맨 | 말릭 벤젤룰 감독. 2012 (스웨덴, 영국)

간절히 바라던 꿈이 철저히 내 것이 아님을 확인했을 때, 사람들은 어떻게 할까? 현실의 벽에 무너지지 않고, 지금 내 앞의 일들에 최선을 다하는 이가 몇이나 될까? 게다가 미소를 잃지 않고 내 몫의 삶을 최선을 다해 살아내는 이가 있다면, 부처나 성자의 표현이 결코 아깝지 않을 것이다.

때로는 현실이 영화보다 더 영화 같을 때가 있다. 다큐멘터리의 감동이 이보다 더할 수 있으랴 싶을 만큼, 영화를 보다보면 극적이고 놀라운 일들이 현실에서도 펼쳐짐을 알 수 있다. 힘들고 고단한 삶이지만, 그래도 인생은 아름다운 거라고 뜨겁게 손 내미는, 삶의 예찬 같은 영화다. 비록 이 영화처럼 극적이진 않더라도 살다보면 삶이 주는 선물들로 마음이 벅찰 때가 꼭 있을 거라는 믿음이 절로 든다.

미국에서는 제로, 남아프리카에서는 히어로라는 표현이 드러내듯이 두 장의 앨범을 낸 가수 로드리게스는 미국에서는 철저히 외면 받은 무명이지만, 남아프리카공화국에서는 엘비스 프레슬리보다 유명한 존재다.

분신자살, 권총자살 등 그의 죽음을 둘러싼 소문도 가지각색이다. 실패한 앨범 두 장이 어찌어찌하여 남아공으로 흘러들어가 폐쇄적인 인종차별 나라에서 반항의 아이콘이 되어 전설적인 존재로 남았다. 영화는 신비한 가수 로드리게즈의 흔적을 찾으려는 열혈 팬의 시선을 따라간다.

낭만적이지만 조금은 어둡기도 하고 짙은 우수가 배어있는, 마치 밥 딜런을 연상시키는 것 같은 철학적인, 혹은 반항적인 가사와 선율에 몸을 싣고 따라가다 보면 뜻밖에 벅찬 감동을 맛보게 된다.

영화는 슈가맨인 가수 로드리게스의 흔적을 이리저리 찾아 진실에 접근해 들어가고, 마침내 놀라운 사실을 발견한다. 여기서부터 기적은 시작되고, 영화보다 더 꿈같은 드라마가 현실에서 펼쳐지는 것이다.

음악의 아름다움과 인간의 아름다움을 온몸으로 느낄 수 있는 감동적인 다큐멘터리인데, 무엇보다 음악 이상으로 아름다운 로드리게스의 삶을 확인할 수 있다. 현실과 이상의 균형을 잃지 않은, 성자 로드리게스를 꼭 만나보라고 말하고 싶다. 더 이상 줄거리를 쓰거나 왈가왈부하는 것은 이 작품에 대한 예의가 아니다. 이 감동을 꼭 직접 느껴보라고 말할 수밖에.

가슴 뛰는
삶을 위하여

전망 좋은 방 | 제임스 아이버리 감독. 1985 (영국)

당신은 전망이 좋은 방을 가지고 있는가? 이 영화에서 전망이 좋은 방이란 "내가 진정 바라고 원하는 삶을 살고 있는가?"라는 질문으로 읽힌다. 사랑과 진실, 그리고 희망이 배경으로 있는, 가슴 뛰는, 그러한 삶 말이다.

주인공인 영국 아가씨 루시와 나이 든 사촌인 샬롯은 이탈리아로 여행을 떠나 베르톨리니 여관에 여장을 푼다. 하지만 기대와는 달리 창밖에는 강이 보이지 않고 답답한 풍경뿐이어서 실망을 감추지 못한다. 다행히 에머슨씨의 호의로 내키지 않는 샬롯을 설득, 간신히 에머슨 부자가 묵던 전망이 좋은 방과 바꾸게 된다. 에머슨 씨는 기자 출신으로 자유롭고 따뜻한 가슴의 소유자이다.

다음날 홀로 관광에 나선 루시는 뜻밖의 싸움을 목격하게 되고 난폭한 장면에 실신을 하는데, 아들인 조지 에머슨의 보호를 받으며 연정이 싹트게 된다. 조지는 삶에 대한 의문으로 가득한 우울한 청년으로, 루시를 만나 사랑에 빠짐으로써 삶의 기쁨과 긍정을 알고 열정을 회복하는 인물이다. 하지만 둘의 키스 장면을 목격한 샬롯의 과보호로 급히 여정을 꾸려 집으로 돌아오고 마는데, 영국에 돌아온 루시는 평소 사귀어 오던 세실 바이스의 청혼을 받아들인다. 하지만 우여곡절 끝에 에머슨 부자가 이웃에 이사를 오면서 조용하던 루시의 마음에 갈등과 혼란이 시작된다.

이 영화는 다양한 캐릭터들의 만남과 충돌이 다채롭고 흥미로운데, 주목할 만한 것은 루시의 변화이다. 이탈리아에서는 열린 마음으로 꽤 자유롭게 행동하던 그녀가 막상 영국의 집으로 돌아오자, 조용히 마음을 감추며 사는 사람으로 변한다.

조지는 그런 그녀에게 열정적으로 다가간다. 마음을 감추며 쌀쌀맞게 대하는 그녀에게 진정한 사랑을 고백하지만, 그녀가 자란 환경에서는 마음가는대로 행동하는 법을 배우지 못했다. 예술과 책에 빠져, 살아 숨 쉬는 삶을 살지 못하는 약혼자 세실처럼 박제된 삶이다. 상심한 조지는 떠나가고, 마침내 자신의 마음을 속이지 말라는 에머슨 씨의 진심어린 직언에 루시는 용기를 내어, 조지와 처음 만났던 이탈리아로 함께 떠나 전망이 아름다운 방에서 사랑을 나눈다.

루시가 자신의 마음을 감춘 채, 세실과 결혼해서 평생을 살았다면 어땠을까? 세실은 자신밖에 모르는, 사랑이 무언지 모르는 사람이다. 사랑의 열정을 잠시라도 맛보았던 그녀이기에 자기과시적인 세실과의 결혼생활이 결코 행복했을 리 없다. 중요한 것은 인습이나 체면이 아니라, 자신의 갈망에 대해 정직하게 답하는 것이다.

오늘날 우리 사회도 크게 다르지 않지만, 루시 허니처치가 살았던 당시 영국 사회는 인습이나 체면, 과시로 가득했던 듯하다. 그 대표적인 인물이 약혼자 세실 바이스이며, 사촌인 샬롯도 크게 벗어나지 못한다. 남동생 프레디만이 자유분방한 성격의 소유자이며(역시 자유로운 조지와 순식간에 친밀해진다), 실은 이런 활발함이 루시에게도 내재되어 있다. 그녀의 어머니 역시 자유로운 방식의 소유자였으나, 아버지가 짜놓은 환경에 적당히 순응해서 살아가는 인물로 보인다.

루시는 양쪽을 오가며 모두를 실망시키지 않으려 애쓴다. 정작 자신의 마음은 정직하게 들여다보지 못한 채. 그 감정이 무엇인지 구체적으로 알아차리지도 못한다. 자신의 주변에서는 모두 그것이 당연한 듯, 조용히 포장된 삶을 살아가기 때문이다.

자유로운 사고방식, 따뜻한 가슴의 에머슨 씨와 조지를 만나고 혼돈과 갈등을 겪으며, 마침내 마음의 소리에 정직하게 답하는 루시. 영화의 마지막 장면, 전망이 멋진 방에서 키스를 나누는 연인의 모습은 무척이나 아름답다. 그것이 비록 새로운 모험의 시작에 불과할지라도, 진정한 사랑을 한 번이라도 맛보았던 사람이라면 어찌 겉치레의 포장된 삶에 만족할 수 있으리.

아트 테러리스트 뱅크시, 영화로 말하다

선물가게를 지나야 출구 | 뱅크시 감독. 2010 (미국, 영국)

그건 맞다. 예술관이든 전시관이든 선물가게를 반드시 지나야 출구가 나온다는 거. “제발 지갑 좀 여시라고요”라고 말하는 얼굴로 선물가게가 쭉 펼쳐져 있다. 그렇게 예술 또한 돈의 논리를 피해갈 수 없다.

세계 최초의 ‘스트리트 아트 그래피티 아티스트’로 불리는 뱅크시는 세상을 깜짝 놀라게 한 얼굴 없는 거리예술가다. 검색창에 뱅크시의 이름을 치기만 해도 그의 매력적이고 도발적인 그래피티들을 실컷 감상할 수 있다. 거리예술의 천재라는 뱅크시가 찍은 첫 영화의 주인공, 티에리 구에타는 거리예술인들을 무작정 찍어대던 카메라맨으로, 원래는 50달러 티셔츠를 400달러에 팔아치우던 장사꾼이었다.

영화의 시작, 이 영화를 찍게 된 뱅크시(검은 후드티를 입은 모습, 얼굴은 전혀 알 수 없다)는 말한다. 원래 자신에 대한 영화였는데, 자신을 찍던 그 사람이 훨씬 재미있어서, 그가 주인공인 영화가 되었다고. 발상부터가 흥미진진하지 않은가.

자신을 찍던 티에리의 다큐멘터리가 형편없는 수준인걸 알게 된 뱅크시가 직접 연출을 하게 되었다는 것이다. 뱅크시가 카메라를, 티에리가 스프레이를 들고 작품을 하게 된 것인데, 거리예술가 뱅크시의 첫 영화인 셈이다.

그런데 놀랍게도 지인들을 등에 입은 티에리가 유명세를 타고 그의 작품 값이 마구 뛰어오르는 일이 벌어진다. Mr. Brainwash란 이름으로 연 티에리의 첫 전시회, 〈Life is beautiful〉은 대성황을 이루고, 제 2의 앤디 워홀이란 칭송을 받기에 이르는 것이다. 전시회 개막 직전인데도 작품 배치조차 끝내지 못한 채 인터뷰에만 여념이 없는 등, 그가 벌이는 갖가지 해프닝들은 보는 이에게 폭소를 터뜨리게 만드는데도 불구하고.

"이건 마치 금광 같아. 뭐든 칙칙 뿌리고, 이건 얼마? 물어오면, 만팔천 달러! 외쳐대면 그만이라고."

카메라 앞에서 말하는 티에리. 그는 과연 사기꾼인가, 예술가인가? 천재 뱅크시를 모방하는 천박한 장사꾼인가, 또는 조금 모자라 보이는 좌충우돌 예술가인가?

결론은 보는 이의 몫이지만, 뱅크시는 말한다. 티에리에게 작품을 해보라 권하던 그가, 누구든지 예술을 해야 한다고 생각했던 그가 이제는 함부로 작품을 권하지 않는다고.

뱅크시는 터무니없이 유명해진 티에리에게 출구는 없다고 결론을 내린 듯하다. 물론 그것은 예술을 가장한 현대의 속물주의, 자본주의를 향한 통렬한 비판이다.

작품을 보지도 않고 유명세 때문에 티에리의 작품 값을 마구 올려 부르는 이 시대의 예술 소비자, 혹은 장사꾼들이야말로 진정 출구가 없는 것이다. 작품은 보지도 않고 선물가게 앞에서만 시간을 보내는 셈이다.

행복에 겨워 보이는 용감무쌍한(어쩌면 뻔뻔한), 그러나 뱅크시에 의해 톡톡히 망신을 당한 것으로도 보이는 티에리의 미래는 어떻게 될까?

치열한 탐색과 자기만의 세계가 없는 모방의 세계, 그럴듯한 잡동사니의 세계를 과연 예술이라 부를 수 있는가(영화 속에서는 얼간이처럼 보이나, 실제 티에리의 작품은 지금도 인기가 있다고 한다)?

엉겁결에 유명해진 티에리 구에타 라는 인물을 통해 현대 예술, 그리고 속물 자본주의에 대해 통쾌한 한 방을 날리는 독특한 매력의 다큐멘터리다.

Picture

FOUR

“프로젝트는 계속되어야 한다”

한 여자를, 한 남자를 평생 아끼며, 살 부비며 사랑하며 사는 모습은
인간이 보일 수 있는 가장 아름다운 모습의 하나가 아닌가.
89세의 할아버지와 치매 증상이 있는 할머니, 어떤 상황에서도 서로를
보듬고 사는 그 모습을 보면, '어떤 조건에서도 인생은 살아갈 만한 거구나'라는
희망 한 자락이 생기는 것이다.

노래하기,
그리고 꿈을 지키기

노블 | 스티븐 브래들리 감독. 2015 (영국, 베트남)

극단의 비참과 남루 속에서도 노래할 수 있는 인간이 얼마나 될까? 인간이란 그 어떤 비참한 상황에서도 노래할 수 있는 존재일까? 거리의 부랑아로 살면서도 노래하고 꿈을 꾸며 품위를 잃지 않을 수 있을까? 여기 크리스티나 노블이라는 실존인물, 경이로운 한 여인이 답을 한다. 나는 어떤 상황에서도 노래하였고, 끝끝내 꿈을 잃지 않았노라고.

어머니가 병으로 죽자, 아버지에게서 버림받고 고아원에서 지내게 되는 노블은 노래하는 것을 좋아하는 소녀다. 고아원에서는 수녀들의 감시와 학대로 인해 불우한 날들의 연속이다. 나이가 차 고아원에서 나오지만, 몸을 눕힐 방 한 칸 없이 혹독하게 노동을 해야 하는 신세다.

그녀를 향한 삶의 시련은 가혹하기만 하지만, 그녀는 노래를 잊지 않고, 세상을 원망하지 않는다. 고국 아일랜드에서의 불행한 삶을 정리하고 친구를 따라 영국으로 떠나고, 가정을 꾸리게 되지만, 결혼생활 역시 순탄하지 못하다.

그러던 중에 그녀는 한 번도 가보지 못한 나라, 베트남에 대해 꿈을 꾸게 되고, 그곳의 비참한 아이들에 대해 자신이 할 수 있는 일들을 생각하게 된다. 오랜 세월이 지나지만, 그녀는 꿈을 잊지 않았고 마침내 무작정 베트남 땅을 밟는다. 그리고 상상 이상으로 끔찍한 그곳의 전후 상황과 고아들을 보며 자신이 해야 할 일을 깨닫고, 꿈같은 일들을 하나하나 이루어나간다.

영화를 보면서 놀라웠던 것은 바닥에서 바닥으로 끊임없이 굴러떨어지면서도, 망가지지 않았던 그녀의 영혼이다. 그리고 마침내 자신처럼 불우한 환경의 아이들을 돌보겠다고 두 팔 걷어 부치고 동분서주하는 그녀의 모습을 보면 사람이 저토록 아름다운 존재구나 싶어 감탄하게 된다.

영화의 마지막 장면에는 실제 크리스티나 노블의 얼굴이 나온다. 할머니가 된 그녀의 주위에는 베트남 아이들이 환하게 웃으며 그녀를 에워싸고 있다. 영국, 베트남 양쪽에서 훈장을 받은 그녀지만, 아이들의 그 웃음만으로 더 이상 바랄 것 없이 충분한 보상이 되었으리라.

크리스티나 노블의 성인 역으로 출연하는 드어드리 오케인은 스티븐 브래들리 감독과 부부 사이로, 노블의 책을 읽은 그녀의 적극적인 권유와 오랜 준비로 영화가 만들어지게 되었다고 한다. 실제 크리스티나 노블과 오랫동안 동행하며 작품을 준비하였다는데, 그래서인지 그 역할에 물 흐르듯 자연스럽게 녹아들어가 잔잔하면서도 깊은 감동을 전해준다.

전 세계에서 가장 존경받는 여성 20인에 선정된 크리스티나 노블, 그녀는 가장 비참한 상황 속에서도 꿈을 꾸고, 그 꿈은 이루어진다는 것을 온 몸으로 증명해낸, 세상에서 가장 아름다운 여인이다.

다윗과
골리앗의 전투

엘라의 계곡 | 폴 하기스 감독. 2007 (미국)

어떤 영화는 엄청난 에너지 소모를 요한다. 소재의 심각성과 극도로 절제된 표현력으로 인해, '이 영화, 보고나면 극심한 피로를 느낄 수도 있겠다'라고 생각하게 된다. 하지만 이 영화는 잠시도 눈을 뗄 수 없게 하는 긴장감, 그리고 '도대체 무슨 일이 있었던 거야?'라는 마음으로 집중하지 않을 수 없게 된다. 끝까지 긴장을 놓치지 않게 하는 감독의 솜씨가 놀랍다.

이라크 전에서 돌아온 아들이 실종되고 드디어는 변사체로 발견이 되지만, 잠시라도 우는 이는 엄마 뿐, 모두들 무섭도록 담담하다. 엄청난 긴장감과 극도의 절제, 이것이 이 영화의 묘미다.

심각함이나 긴장감을 좋아하지 않는 이라면 선호하지 않을 듯하다. 하지만 그 어떤 반전영화(전투장면 한 번 제대로 안 나오는데도) 이상으로 전쟁의 의미를 다시 물을 수밖에 없도록 하는 영화, 실은 그 어떤 호러영화보다 공포스러운 영화다.

퇴역 군인 행크는 이라크 전에서 돌아오자마자 실종된 아들을 찾으러 나선다. 하지만 아들 마이크는 토막 나고 불탄 시체로 발견이 되고, 마피아와 연계된 사건으로 몰아가는 군 당국과 달리, 수상쩍은 점들을 발견한 지역의 관할 형사 에밀리와 함께 조사를 해나간다. 아들 휴대폰에 남은 동영상을 하나씩 재생해나가며, 사건의 실체에 조금씩 다가가는 행크와 에밀리, 이들은 조금씩 진실에 다가가는데...

이 영화의 백미는 마침내 사건의 진상이 밝혀지고 범인이 드러나지만, 그들의 무섭도록 담담한 얼굴, 지극히 태연한 얼굴이 아닐까. 전쟁이란 순진한, 혹은 멀쩡한 사람을 괴물로 만든다는 것, 그것을 보며 군인으로서의 영예로운 삶을 꿈꾸고 자식 둘을 모두 군인으로 만들었던 행크의 신념은 무너질 수밖에 없다. 특히나 명분 없는 전쟁으로 만천하에 드러난 이라크 전이라면 더욱 그렇다.

담담한 얼굴로 행크는 아들이 죽기 전 보내왔던 낡은 국기를 거꾸로 계양한다. 국기를 거꾸로 건다는 건 조난 신호다. 그렇게 미국이란 나라가 조난 중임을 행크는, 아니 감독 폴 하기스는 담담하게, 그러나 웅변하듯 외친다. 수잔 서랜든을 비롯, 조연, 혹은 단역을 마다하지 않은 스타들의 양심이 이 영화의 목소리에 힘을 보탠다.

영화의 제목인 엘라의 계곡은 이스라엘 군과 블레셋 군의 전투 중,

소년 다윗이 골리앗과 싸웠다는 골짜기의 이름이다. 성서의 다윗은 돌멩이 하나로 멋지게 거인 골리앗을 물리쳤지만, 현실의 수많은 다윗들은 공포와 싸우다가, 자신의 인간성을 잃어버리고 무너졌을 따름이다.

고도의 긴장감과 집중력으로 영화를 이어가며, 절제되고 세련된 형식으로 이라크 전의 의미를 묻는, 가슴 아픈 수작이다.

누구나 아킬레스건은 있다

휴먼 스테인 | 로버트 벤튼 감독. 2003 (미국, 독일, 프랑스)

'인간의 오점'이란 뜻을 가지고 있는 영화, **〈휴먼 스테인〉**(The Human Stain). 오점 없는 인간이 있을까? 영화는 인간의 약점에 대한 이야기, 그리고 그것을 있는 그대로 고백한다는 것이 얼마나 어려운지를 묻는다. 원작자인 필립 로스의 말대로 누구나 무덤 속까지 가져갈 비밀, 아킬레스건 하나쯤은 있는지도 모르겠다.

35년간을 대학에서 지낸, 고전문학 교수이자 학장인 콜먼은 뜻밖의 실수로 사임을 하게 되고, 그 충격으로 부인까지 잃는다. 삶의 의욕을 잃은 그에게 나타난 젊고 아름다운 여인 퍼니아. 청소부이자 목장에서 일을 하는 하층민인 그녀와, 나이와 신분을 넘어 격정적인 사랑을 나누게 되는 콜먼. 그녀에게는 가슴 깊이 새겨진 삶의 아픔이 있다.

퍼니아와의 관계에서 삶의 의욕을 다시 찾게 되지만, 콜먼 역시 평생 비밀로 간직하는 또 다른 오점이 있었으니…

영화의 시작부터 배경이 되는 것은 클린턴 대통령과 르윈스키의 섹스 스캔들이다. 미국 전역이 이 스캔들로 들썩거리던 1995년의 일이다. 하필 이 사건이 영화의 주요 배경인 까닭은 무엇일까? 클린턴 역시 이 오점으로 탄핵 위기까지 갔으니, 중요한 암시를 지닌 소재인 건 분명하다. 영원한 비밀은 없다는 걸 말하고 싶었을까? 어쩌면 누구랄 것도 없이 모두가 연약한 인간일 뿐임을 말하고 싶었는지도 모르겠다.

상처가 상처를 알아본다고 하듯, 콜먼이 고통스런 과거를 가진 여인 퍼니아에게 이끌린 것은 자연스러운 일인지도 모르겠다. 처음에는 단순한 육체적 관계로 시작하지만, 이들은 서로의 상처를 핥아주는 짐승처럼, 둘의 만남에서 차츰 깊은 위안을 얻게 된다. 퍼니아의 대사가 인상적이다.

"당신은 너무 젊어. 나와 만나려면 100살은 되어야 해."

고통으로 가득한 퍼니아의 내면을 알아차리려면, 적어도 백 년쯤은 산 인간이어야 하는 모양이다. 젊은 날의 콜먼에게 한 그의 엄마의 말이 귓가를 맴돈다.

"네가 얻으려는 자유는 평생 너를 노예로 만들 거야."

겉으로는 성공적인 인생이었지만 고백하지 못한 약점으로 인해(첫 사랑의 아픔과 상처가 너무 깊게 패인 탓이었다), 실은 평생을 노예로 살았던 콜먼. 그는 자신의 표현대로 '마지막 사랑'인 퍼니아에게 아킬레스건을 고백함으로써 마침내 영혼의 자유를 얻었을 것이다. 아니, 자신을 둘러싼 냉대와 몰이해에도 불구하고 마지막 사랑이라며, 그녀와의 사랑을 지키려고 애쓰며 진심으로 그녀의 상처를 어루만질 때 이미 시작되었던 자유이다.

영화는 둘의 죽음으로 끝이 나지만(영화의 시작이 바로 교통사고로 둘이 죽는 장면이며, 영화는 시간을 거슬러 전개된다), 콜먼과 퍼니아의 얼굴에 서려있는 깊은 평화를 보면 해피엔딩이 아니라고 말할 수 있을까?

퓰리처상 수상작가의 원작에다, 크레이머 대 크레이머로 아카데미상을 수상한 리차드 벤튼 감독, 그리고 역시 아카데미상에 빛나는 안소니 홉킨스와 니콜 키드만, 그 외 조연들까지도 초호화 캐스팅이다. 그 명성들에 걸맞게 영화는 보는 이를 실망시키지 않는다. 인간 내면을 다루는 묵직한 주제에다 연출, 연기 모두가 조화롭게 이루어진 푸짐한 상차림이라고나 할까. 그 음식을 먹는 일이 즐겁고 신나는 경험만은 아니지만, 인간이란 존재를 깊이 되돌아보게 만드니 분명 영양가 있는 음식이랄 수밖에.

어느 작가의 비극

카포티 | 베넷 밀러 감독. 2006 (미국)

작가만큼 삶의 무게를 늘 짊어지고 다녀야하는 이도 드물 것이다. 자신에게 오는 것들은 아무리 사소해보여도 고스란히 그 무게를 알아보고, 기억하고, 기록해야만 작가라는 이름에 맞는 존재라 할 것이다. 작가란 타고나기를 남들보다 더 예민하고 민감한 촉수의 소유자들이다.

트루먼 카포티, 누구보다 예민한 감성과 기억력의 소유자인 그는 오드리 헵번 주연의 아름다운 영화 **〈티파니에서 아침을〉**의 대본을 쓴 작가이다. 그 영화를 보면 그의 사고가 얼마나 자유분방하고, 오륙십년이 지난 지금 보아도 얼마나 현대적인 분위기로 넘치는 지를 충분히 확인할 수 있다.

그렇게도 예민하고 섬세하며, 남다른 감각과 지능의 소유자, 큰 소리로 떠들길 좋아하고 유머가 풍부했던 그가, 실은 얼마나 커다란 콤플렉스의 소유자이며 트라우마에 시달린 인간인지는 이 영화 **〈카포티〉**를 보면 알 수 있다.

1959년 미국 캔자스 주 농장에서 일가족 4명이 잔인하게 살해당한 사건이 발생한다. 신문을 보고는 본능적으로 이끌려 사건 취재를 하던 카포티는 두 명의 범인 중 내성적이고 지적으로 보이는 페리 스미스에게 유독 관심을 가지고 접근한다. 여러 가지 친절을 베풀며 페리에게 다가가 어느 정도 마음을 얻는 데 성공한다. 하지만 이 사건을 소재로 논픽션을 써나가던 그가 큰 딜레마에 빠진다. 사형판결이 계속 유예가 되면서 사건이 도무지 끝이 나지 않는 것이다. 카포티는 책을 어떻게 끝내야하는지 도저히 알 수 없게 된다.

낭만적인 대본을 쓴 작가로서 성공과 명성을 날리던 그가 왜 살인 사건에 그토록 관심을 가지고 매달린 걸까? 어린 시절 같은 상처를 가진 페리에게서 또 하나의 자신을 보았기 때문일까? 게이 작가로서의 한계를 벗어나고 싶어서였을까?

어쨌든 분명한 것은 사건의 실체에 다가갈수록, 페리와의 관계가 긴밀해질수록 벗어날 수 없는 덫 같은 것이 그를 조여 왔다는 사실이다. 이 사건을 긴밀하게 다루어 결국은 **〈콜드 블러드〉**란 당대의 베스트셀러를 쓴 작가가 되지만, 그 뒤로는 단 한 권의 책도 내지 못한 이름뿐인 작가가 되었다고 한다. 이 예민하고 뛰어난 작가의 열정에 찬물을 끼얹은 것은 무엇이었을까?

거칠게나마 답을 내려 보자면, 작가의 생명은 기교나 명성이 아니라, 진실과 정직이기 때문 아닐까. 결국은 책을 쓰기 위해 페리에게 친구로 접근하였지만, 그는 끝내 페리의 진정한 친구는 될 수 없었고, 그건 아마도 정해진 길이었을 것이다. 페리는 그런 카포티의 마음을 어느 정도 읽었지만, 친구 관계를 유지하며 끝까지 도움을 청했다. 아마도 카포티 외에 그를 도와줄 사람은 아무도 없었을 것이다.

어쨌든 카포티는 페리의 사형집행을 목격한 뒤, 자신의 위선을 용서하지 못했을 것이다. 그렇다면 그것은 바로 스스로가 친 덫이었다. 그는 그 덫을 넘어설 만큼 건강한 인간이 못되었다. 페리와 마찬가지로 엄마가 자살한데다, 친척집을 전전한 어린 시절의 트라우마는 끝내 그를 붙잡고 놔주지 않았던 것 같다. 그는 명성을 얻었지만, 영혼을 팔았던 것이다. 마치 악마에게 영혼을 판 파우스트처럼. 끝내 더 이상의 책은 내지 못한 채, 알코올 중독으로 인한 합병증으로 사망했다.

카포티 역의 필립 세이모어 호프만은 이 작품에서의 뛰어난 연기로 아카데미 남우주연상을 수상했다. 차갑고 어둡지만, 깊이 있는 화면과 묵직한 연출은 한 작가의 삶의 무게와 비극을 적절하게 잘 표현해 내었다.

타인의
심장 소리 듣기

스턱 인 러브 | 조쉬 분 감독, 2014 (미국)

사랑은 하는 것이 아니라 그냥 빠지는 것이 아닐까. 여기, 사랑에 관한 한 세 명의 문제아가 있다. 이혼한 전 부인을 잊지 못해 밤마다 그 집 창가를 기웃거리는 아빠 윌리엄, 부모의 이혼으로 받은 상처 때문에 누구도 사랑하지 않는 대학생 딸 사만다, 소심한 성격 탓에 좋아하는 여자에게 고백 한마디 못하는 아들 러스티. 영화는 딱하지만 사랑스러운 이 셋의 사랑이야기들로 꾸며진다. 세대별 사랑이야기인 셈이다.

재미있는 건 아빠는 꽤 유명한 작가인데다, 딸은 막 첫 책이 출판되려는 작가 지망생이며, 아들은 스티븐 킹을 제일 좋아하는 미스터리 작가 지망생이이다. 작가 가족인 것이다. 문제는 이 똑똑한 작가들이 사랑에 관한 한 꽤 멍청하다는 거다.

아빠 윌리엄은, "당신은 이제 자유야"라고 하며, 제발 자유를 즐기라고 말하는 전 부인 에리카를 삼년 째 기다리는 중이다. 일 년째 엄마의 전화조차 받지 않는 딸 사만다는 사랑에 빠지는 게 두려워 쿨한 척 하며, 프리섹스만 몸소 실천하고 있다. 내성적인 아들 러스티는 좋아하는 동급생 케이티를 그저 바라보고만 있다.

사랑에 관한 한 환자 같아보이던 이들은, 여러 사건을 겪으면서 조금씩 변화하게 되는데, 세 명의 가족이 함께 하는 추수감사절 모임부터 다음해 추수감사절까지의 이야기가 펼쳐진다. 영화는 이 일 년간 세 명의 사랑이야기이다.

가족모임에 부인의 빈자리를 항상 마련해두는가 하면, 이혼 후 전혀 글을 쓰지 못하던 아빠는 전 부인으로부터 조금씩 자유로워지며, 자신을 찾아가게 된다. 이 자유로움이 오히려 전 부인, 에리카를 뒤돌아보게 한다.

딸 사만다는 자신처럼 작가지망생이며 다정다감한 성격의 루를 만나, 두렵지만 조금씩 마음을 연다.

"너보다 훨씬 못한 애들에게 너를 함부로 던지지 마"라고 따끔하게 말하던 루다.

아들 러스티는 아빠의 조언에 힘입어 케이트에게 고백을 하고 사랑을 쟁취한다. 첫사랑의 행복과 아픔에 한껏 젖으며 작가로 성장해 간다.

아빠 윌리엄은 딸의 출판기념 파티에서 말한다. 자신이 가장 좋아하는 작가 레이먼드 카버의 글을 빌려, 작가란 타인의 심장소리를 듣는 자라고. 그것은 인간이 내는 소음이라고. 사랑도 바로 그런 것일 거다. 상대의 심장소리를 듣는 것이며, 달콤함만이 아니라, 그와 내가 내는 온갖 소음까지도 기꺼이 감수하는 것 말이다.

영화는 각자의 사랑 이야기지만, 가족 이야기이기도 하다. 보고나면 성탄 무렵처럼 마음이 따스해짐을 느낄 것이다. 우리와는 다른 자유분방함이 좀 놀랍기도 하지만, 그 자유로움이 부러울 수도 있겠다. 사랑을 하고 나누는 방식은 다르지만, 가족을 아끼고 사랑하는 마음만큼은 어디든 같은 법이다.

매력적인 음악들과 함께 사람을 사랑한다는 것의 아름다움, 가족이란 존재의 소중함을 느낄 수 있는 유쾌하고도 따스한 영화다.

생의 가장 빛나는 순간

그레이트 뷰티 | 파울로 소렌티노 감독. 2014 (이탈리아, 프랑스)

삶이 이토록 아름다운 건 끝이 있기 때문이리라. **〈그레이트 뷰티〉**는 삶의 환희와 아름다움 사이사이 죽음의 그림자들이 배어있는 영화다. 화려한 춤과 파티, 성스런 유적들과 종교, 갑작스런 죽음들, 장례식과 결혼식이 뒤엉켜 화려하고도 복잡한, 그러면서도 아름다운 한 권의 시집을 읽는 것과 같다.

젊은 날, 한 권의 소설책을 낸 젭 감바르델라는 더 이상 소설을 쓰지 않은 채 인터뷰 글만을 쓰며 살아가고 있다. 사교계의 명사로 이름을 날렸지만 이미 그도 66세, 어떤 것에도 열정을 느끼지 못한 채 스러져가고 있는 듯이 보인다. 마치 로마의 유적들처럼 퇴락해가고 있는 것이다. 상류층 세계에 몸담은 그에게 느껴지는 건 노년의 평화라기보다 허무함, 그리고 지적인 냉소이다.

그런 그에게 찾아온 건 첫사랑의 죽음, 평생 그만을 사랑했다는 여인이 죽었다는 소식이다. 더 이상 인생에서 아름다움을 느낄 수 없다던 그에게 하나하나 아름다웠던 시절이 떠오른다. 젊은 날의 추억들을 떠올리는 젭, 그에게 가장 아름다웠던 순간은 언제일까?

이 영화는 스토리를 충실히 따라가기보다는 장면 하나하나를 음미하며 젖어들어야 할 것이다. 그 장면 하나가 한 편의 시인 것이다. 영상으로 시를 쓴다는 표현을 실감할 수 있을 것이다.

이 영화에는 수많은 인물들이 등장하고, 젭이 그렇듯 그들은 조금씩 변한다. 누군가는 로마를 떠나고, 또 누군가는 아프리카로 떠나고, 젊은 나이에 갑작스레 죽기도 한다. 사람들은 여전히 쾌락과 파티에 몸을 맡기지만, 늙은 성녀는 무릎으로 대성당의 계단을 오르며 눈물을 흘린다. 그리고 더 이상 아름다움을 찾을 수 없어 소설을 안 쓴다던 젭은 다시 소설을 쓰게 될 것이다. 그에게는 더 이상 낭비할 시간이 없기 때문이다.

아름답기 그지없는 음악과 함께 예술영화다운 약간의 지루함을 견딘다면, 삶과 죽음의 종합선물세트 같은 이 영화의 지극한 아름다움에 충분히 젖어들 것이다. 단 한 장면으로도 오래도록 기억되는 것이 영화라면, 이 영화의 몇몇 장면들은 아마도 오래 지워지지 않을 것이다. 내게 있어 잊을 수 없는 장면은, 친구들과 파티를 하며 춤추는 모습, 로마의 거리를 유유히 산책하던 젭의 뒷짐 진 모습, 그와 라모나와의 만남, 스테파니아와의 논쟁과 화해, 천정에서 일렁이는 바다 등등이다.

그렇다. 아름다움은 어디에나 있다. 지금 이 순간에도. 그러므로 너무 늦게 알아차리면 안 될 일이다. 젭의 말처럼 더 이상 낭비할 시간이 없기 때문이다.

인간답게 산다는 것

지미스 홀 | 켄 로치 감독. 2014 (영국, 아일랜드, 프랑스)

서유럽의 아름다운 섬나라, 아일랜드는 우리나라를 닮았다. 오랜 식민생활, 그리고 연이은 내전의 아픔으로 슬픔과 한이 많은 나라다.

영화는 북아일랜드가 영국으로부터 독립하고, 다시 내전의 아픔이 가시지 않은 1930년, 미국으로 도망쳤다가 고향에 돌아온, 지미 그랄튼에 대한 이야기다.

이제는 고향마을에 돌아와 노모와 함께 농사를 지으며 조용히 살려던 그의 계획은 뜻대로 되지 않는다. "춤을 추고 싶어요, 갈 데가 없어요"라는 마을 젊은이들의 요청 때문이다. 지미가 미국으로 도망치기 전, 마을회관을 운영했던 것을 젊은이들은 알고 있는 것이다.

행동하는 양심, 지미는 그들의 간절한 요청을 뿌리칠 수 없어 다시 낡은 회관을 열고 춤과 노래, 복싱과 문학을 가르칠 수 있도록 한다. 때는 지금으로부터 7,80년 전의 아일랜드다. 춤과 재즈는 죄악이다. 더구나 무신론자, 사회주의자인 그를 가톨릭교회와 기득권 세력은 용납할 수 없다.

교회는 회관에 참석해 춤을 춘 사람의 이름을 호명하며, 다시는 발을 들여놓지 말라며 엄포를 놓지만, 여기에 굴할 지미가 아니다. 여전히 사람들은 몰려들고, 지미는 눈에 가시 같은 존재가 되어 마침내 추방 명령을 받게 된다.

결국 미국으로 다시 쫓겨 간 그는 다시는 고국에 돌아올 수 없었고, 아일랜드의 반대로 시신조차 돌아올 수 없었다고 한다.

지미 그랄튼의 죄는 무엇이었을까? 사람들에게 마을회관에서 춤을 추고, 음악과 미술과 복싱, 그리고 문학을 배우게 했을 뿐인데. 당시로서는 그토록 불온한 것이었을까? 가톨릭이 모든 삶을 통제하던 당시의 아일랜드는 무신론자이며 공산주의 사상을 가진 그를 전혀 용납하지 않았다. 단지 인간답게 살자고 외쳤을 뿐인데도 말이다.

영화는 정직하고 용감한, 하지만 별다른 업적도 없이 실패한 좌파 운동가를 다루었다. 사실 영화 속에서만 보자면 운동가랄 것도 없는, 그저 마을회관을 운영하고, 사람들 앞에서 연설을 한 정도 밖에 한 일이 없다.

그가 뭘 그리 잘못해서 고국에서 영원히 추방당한 건지 모르겠다. 이쯤 되면 저절로 우리나라의 분단 상황이 떠오르고, 윤이상 선생을 비롯한 일련의 사건들이 떠오르지 않을 수 없다. 시대의 희생양이랄 수도 있겠다.

지미의 미국생활은 어떠했을지, 문득 궁금해진다. 그에 대해서는 크게 알려진 바도 없다. 어쩌면 그저 평범하고, 합리적이고, 이성적인 사람일 뿐인 것을.

심장이 부서질 것 같다며, 사랑했지만 도망자의 삶 탓에 이루지 못했던 한 여인과의 사랑, 춤으로 아픈 사랑을 표현하던 장면, 나이든 어머니가 도망자 아들을 위해 연설했다는 신문기사를 읽으며 미소를 띠던 지미의 모습이 오래도록 기억에 남는다. 혁명가, 운동가라기엔 너무나 인간적인 모습이다.

그것을 알기에 그가 경찰에 잡혀 추방당할 때, 마을의 젊은이들이 자전거를 타고 그를 따라가 마치 환송이라도 하듯 말한다. 그들은 여전히 춤출 거라고. 그 모습을 바라보던 지미의 미소가 얼마나 따뜻하던지(영화적 코드일 뿐일 테지만, 영화를 보는 우리의 마음이 모두 그 젊은이들의 얼굴에 담겨있을 것이다).

그러므로 그는 불행하지 않았을 것이다, 아마도. 사랑하는 이들이 자신의 진가를 알아주는 사람은 성공이나 실패에 상관없이 결코 불행하지 않은 법이다.

아일랜드의 역사를 알고 보면 더 좋을 영화, 담담하고 담백하게 흐르는 영화의 기운이 좋아서, 한참이나 여운이 남는 그런 영화다. 거장 켄 로치 감독의 마지막 영화로 널리 알려졌는데(뒤에 한 편의 영화를 더 만들었다), 그 담담하고도 묵직한 힘은 아마도 거장의 힘일 것이다. 또한 대단

한 업적을 이루진 못해도 인간으로 가치 있게 사는 것이 무엇인지를 묻는 지미 그랄튼의 진실한 눈빛의 힘일 것이다.

세상의 모든 아버지를 위하여

비우티풀 | 알레한드로 곤잘레스 이냐리투 감독, 2010 (스페인, 멕시코)

어둡고 아픈 밑바닥 인생의 이야기인데, 기이한 따뜻함이 있다. 이것은 하비에르 바르뎀이 연기한 욱스발이란 인물이 가진 부성애 때문이다. 그건 어둡고 비참한 인생에 스민 작지만 강력한 빛이다.

욱스발은 인력 브로커다. 불법이민자들을 인력시장에 공급하는 중간관리자인 셈이다. 주로 중국인들, 그리고 아프리카인들이다. 경찰에게 뇌물을 주는 것도 그의 일이다.

조울증을 앓고 있는 그의 부인은 정상이 아니다. 그녀에게 아이들을 맡길 수 없어 두 아이를 손수 키운다. 그에게는 죽은 사람의 마지막 이야기를 듣는 신비한 능력이 있다. 힘겹지만, 하루하루 열심히 살아가던 그에게 어쩔 수 없는 불행이 닥친다. 암으로 얼마 살지 못할 거라는 선고다.

그는 죽는다는 걸 알지만, 절망만 하고 있지 않는다. 아직은 어린 아이들을 위해 모진 짓도 마다않고 돈을 모으고, 이승을 떠나려고 한다. 어차피 죽을 걸 알기에 병원조차 가지 않는다.

그는 울부짖지도 매달리지도 않는다. 그저 자신의 길을 간다. 이승의 길이든, 저승의 길이든, 갈 수밖에 없는 길이므로. 또한 젊은 날 죽은 아버지의 시신을 깊은 미소로 바라본다(이장(移葬)을 하게 된 아버지는, 방부처리가 되어있었다).

영화는 답답할 정도로 화면이 어둡고, 배경은 지저분하다. 마치 욱스발의 내면인 듯 어둡고 답답하다. 하지만 영화를 보다보면 밑바닥 인생, 결국 범죄자의 인생인데, 어쩌면 저리 인간적일 수 있을까 싶다. 어쨌든 최선을 다해 자신의 삶을 다 살고 가는 모습이다. 지독하게 불행해 보이는 그에게, 사랑하는 아이들을 두고 떠나야하는 그에게, 한 줄기 빛 같은 존재가 나타나는데, 그는 가장 약하고 가진 것 없는 인물이다.

땅은 가시와 엉겅퀴를 내고, 수고하고 땀을 흘려야만 식솔들에게 밥을 먹일 수 있다. 창세기의 한 구절을 빌리자면, 이것은 세상 모든 남자들에게 주어진 형벌이다. 이 땅에서 아버지로 산다는 것, 그것의 책임과 무게를 본다. 영화 **〈비우티풀〉**은 화려하지도, 번듯하지도 않아도 제 몫의 십자가를 지고 비틀거렸을 세상의 모든 아버지들을 위한 아픈 연가이다. 감독도 엔딩자막을 빌어 자신의 아버지에게 바치는 영화라고 했다.

욱스발처럼, 얼굴도 한 번 못 본 아버지의 시신을 가만히 들여다 볼 수 있는 것, 운명을 저주하지 않고, 깊은 미소로 이승과 저승의 경계에서, 젊은 날의 아버지를 마주할 수 있는 것은 하나의 선택이다. 이 지치고 고단한 인생의 무대 위에서, 그래도 자신의 삶에 대해 Yes라고 할지, No라고 외칠지는, 각자의 몫이다.

〈비우티풀〉은, 그래도 삶에 대해 Yes라고 말한, 한 불행한 사내의 이야기이다. "Beautiful"이라고 또박또박 말하지는 못하지만, "Biuti-ful"이라고, 삐딱하고 거칠게나마 삶의 아름다움과 소중함을 말한 한 사내의 이야기이다.

두말할 필요가 없는 명배우 하비에르 바르뎀은 이 영화로 칸 영화제 남우주연상을 받았고, 알렉산드로 곤잘레스 아냐리투 감독은 다시 한 번 세상에 자신의 이름을 새겼다.

뒷골목 인생들의
좌충우돌 성공담

저지 보이즈 | 클린트 이스트우드 감독, 2014 (미국)

브로드웨이의 유명한 뮤지컬과 노장 클린트 이스트우드의 만남이라니, 흥미롭지 않을 수 없다. 뮤지컬의 멋과 향기가 스크린에 고스란히 살아있다. 더구나 실제 브로드웨이에서 공연한 배우들이 그대로 출연해서, 유명한 히트 곡들을 들려준다.

뉴저지 출신 네 명의 주인공, 60년대를 풍미한 그룹 '포 시즌스'의 실제 이야기를 담았다. 뒷골목의 깡패로, 남의 물건이나 훔치며 감옥을 들락거리던 인간들이 가수로 성공한다는 것이니, 참으로 영화 같은 실화다.

이 작품의 미덕은, 지금까지도 귀에 익은 곡들이 가득한 실제 포시즌스의 매력적인 음악들이 가득하다는 것, 둘째는 뒷골목 인생들의 성공담이긴 하나, 파란만장했던 그들의 이야기, 삶의 애환이 녹아있다는 것, 그리고 그런 아픔들을 겪으면서 진정한 인간들이 되어간다는 것이다.

뮤지컬을 그대로 영화로 옮겨놓아, 멋진 한 편의 뮤지컬을 보는 감동과 생생함이 살아있다. 극의 흐름에 따라 네 명의 주인공들이 차례로 해설자로 나오는 설정도 재미있고 신선하다.

여기에서 가장 의미 있는 역이 리드싱어인 프랭키 발리이다. 어리고 철없던 그가, 어떤 아픔을 겪고, 어떻게 성숙한 한 사람의 책임 있는 인간이 되어 가나를 지켜볼 수 있다. 삶에서 자신의 몫을 고스란히 떠안고, 책임지고 살아가는 인간의 모습은 언제나 감동을 준다.

뮤지컬 초연에서, 신인으로 토니상 남우주연상을 움켜쥐었던 존 로이드 영이 프랭키 발리 역으로 나와, 멋진 노래와 연기를 보여준다. 노장 클린트 이스트우드 감독의 첫 뮤지컬 영화인데, 잔재주 없이 우직하게 뮤지컬의 무대를 재현하여 더할 것도, 뺄 것도 없는 균형 있는 감동을 보여주었다는 생각이다.

뮤지컬에서 재미나 흥겨움은 쉽게 얻지만, 감동을 얻기란 쉽지 않은데, **〈저지 보이즈〉**는 그랬다. 흥미와 감동, 무엇보다 매혹적인 음악이 있었다. 무엇을 더 바랄까.

한심하고 대책 없는 인생들의 좌충우돌, 파란만장 성공담, 그리고 그들의 다툼과 상처, 몰락과 화해, 삶의 녹록치 않은 사연들이 고스란히 녹아있다.

정신없이 뛰고 달리는 인생의 모든 수고들이 결국 집으로 가기 위해서였다는 마지막 대사들이 심금을 울린다.

프로젝트는 계속되어야 한다

해피엔딩 프로젝트 | 마이클 맥고완 감독. 2012 (캐나다)

딸기농사를 짓는 89세의 노인 크레이그 모리슨은, 치매증상이 와 정신을 잠시 잃곤 하는 아내 아이린을 위해 낡고 불편한 2층 집 대신, 편리하고 단단한 새집을 짓기로 결심한다.

배를 만드는 기술자인 아버지에게서 건축기술을 전수받은 그는 집 한 채 정도는 문제없이 지을 수 있다. 비어있는 자신의 땅에 기초를 세우고, 사랑하는 아내를 위한 집을 조금씩 짓기 시작하는데, 문제가 생긴다. 건축허가를 받아야하고, 설계도를 제출해야한다. 바뀐 건축법 때문이다. 설계도 따위 없이도 얼마든지 집을 지을 수 있는 그지만, 법에 따르기로 한다. 허가를 위해 돈을 내고, 설계도도 손자에게 부탁해서 겨우 마련한다. 하지만, 문제가 한두 가지가 아니다. 사사건

건 법에 저촉된다는 것이다.

마침내 건축을 중단하라는 명령이 떨어지지만, 할아버지의 해피엔딩 프로젝트는 멈추지 않는다. 드디어는 재판정에 출두하는 데까지 이르게 된다. 이제 할아버지의 야심찬 프로젝트는 어떻게 될까?

재미있는 것은 이 영화가 실화라는 것이다. 그래서일까? 영화는 상상력만으로는 닿을 수 없는 인생의 깊은 맛이 고스란히 배어있다. 영화를 보다보면 '노년도 정말 괜찮구나'라는 생각이 들게 한다. 자기 여자를 위해 집을 짓는 할아버지의 모습은, 그리고 끝까지 사랑하며 사는 그 모습은 정말 멋지다.

한 여자를, 한 남자를 평생 아끼며, 살 부비며 사랑하며 사는 모습은 인간이 보일 수 있는 가장 아름다운 모습의 하나가 아닌가. 89세의 할아버지와 치매 증상이 있는 할머니, 어떤 상황에서도 서로를 보듬고 사는 그 모습을 보면, '어떤 조건에서도 인생은 살아갈 만한 거구나'라는 희망 한 자락이 생기는 것이다.

자신만의 해피엔딩 프로젝트는 어떻든 계속되어야 하는 것이다. 당장 집짓기를 중단하라는 건축법만큼이나 현실은 냉정하지만, 따뜻한 미소로 이 건장한 고집쟁이 할아버지와 사랑스런 할머니를 응원하게 되는 영화, 해피엔딩 프로젝트.

할아버지 역의 배우, 제임스 크롬웰은 깊이 있는 연기로 시애틀 영화제를 비롯한 각종 영화제에서 남우주연상을 받았다. 할머니 역의 쥬느비에브 뷰졸드는 세상에서 가장 어여쁜 할머니를 연기했다.

마음 속
감옥에서 나오다

당신을 오랫동안 사랑했어요 | 필립 클로델 감독. 2010 (프랑스, 독일)

세상에서 가장 지독한 감옥은 어디일까? 그것은 바로 자신이 스스로를 가둔 마음의 감옥이다. 그 감옥의 열쇠는 세상을 통틀어 단 한 명, 자기 자신만이 가지고 있다.

줄리엣은 15년의 감옥살이를 마치고 출소한다. 그녀를 기다리고 있는 이는 동생 레아다. 오갈 데 없는 그녀는 당분간 동생의 집에 머물게 되는데, 레아의 남편 뤽은 줄리엣의 존재가 불안하고 못마땅하다. 하지만 사랑하는 아내 덕분에 참고 견딘다.

세상 모든 일에 무관심한 듯, 혹은 자기 존재를 어떻게 보든 상관없는 듯 무심하고 서늘한 표정의 줄리엣. 하지만 레아의 사랑스런 두 아이와, 말을 못하지만 다정한 눈빛의 뤽 아버지, 그리고 레아의 친구들, 그리고 보호관찰관 포레와의 대화에서 조금씩 마음을 열게 된다. 쉽지 않지만 직장 생활도 하게 된다.

자신을 거부하거나, 조심스레 받아들이는 사회와 가족들 사이에서 그녀 역시 마음을 열기도 하고, 다시 닫기도 하며 서서히 적응해나간다. 그러나 그녀 마음 깊은 곳의 비밀은 누구에게도 말하지 않는다. 그 누구도 그녀를 이해할 수 없을 것이기에 마음 깊은 곳의 감옥에 스스로를 가둔 것이다.

차갑고 지적이며 미스터리한 여인 줄리엣을 연기하는 크리스틴 스콧 토마스의 연기는 압권이다. 그녀의 표정과 눈빛이 아니었다면 영화가 그토록 마음을 끌어당겼을까? 소설가인 필립 클로델 감독의 데뷔작인 이 영화는 프랑스 영화 특유의 예술적인 모호함은 없다. 대신 문화와 예술을 사랑하는 프랑스인들의 향취가 대화 곳곳에 배어있다. 대본과 감독을 겸한 저명한 소설가 필립 클로델의 문학적 체취일 것이다.

줄리엣의 내면을 조금이라도 이해한 레아의 동료, 미셸은 말한다. 감옥과 이곳은 종이 한 장 차이일 뿐이라고, 언제든 나와 그들은 뒤바뀔 수 있다고. 그 말에 비로소 눈물을 글썽거리는 줄리엣이다.

사랑스럽고 깜찍한 레아의 딸을 돌보며, 말을 못하는 대신 종일 책을 읽는 할아버지의 방에서 안식을 느끼는 그녀는 조금씩 마음 속 깊고 어두운 감옥에서 빠져 나올 준비를 하게 된다.

베트남인인 레아의 입양한 딸들, 이라크인인 그녀의 친구, 벙어리인 시아버지, 교통사고로 부인이 죽은 미셸 등등 레아의 주변에는 어딘가 아픔이 있고, 잃어버린 것이 있는 인물들이다. 하지만 모두가 따뜻한 마음만은 잃지 않았고, 자신의 삶을 껴안으며 살고 있었기에 줄리엣의 마음에 온기를 부어줄 수 있었을 것이다.

늘 언니를 그리워하며 수첩에 언니의 이름을 적던 꼬마, 동생 레아의 마음 덕분인 것은 물론이다. 의외로 몹시 따뜻한 영화다.

영화의 제목은 줄리엣과 레아가 어릴 때부터 피아노를 치며 부르던 노래의 한 구절로 영화의 끝 무렵에는 줄리엣의 비밀을 알게 된다. 그녀의 선택에 대한 호불호는 각자의 몫이다.

실패,
내일을 위한 시간

내일을 위한 시간 | 다르덴 형제 감독, 2014 (프랑스)

한 여자가 울고 있다. 남편의 위로도 소용이 없다. 화장기 없는 지친 얼굴에, 멋이라곤 아예 잊은 듯 머리는 질끈 묶었다. 자상한 요리사 남편에 귀여운 두 아이의 엄마지만, 우울증으로 병가를 낸 산드라. 겨우 몸과 마음을 추스르고 복직을 하려던 그녀에게 청천벽력 같은 소식이 전해진다. 바로 그녀의 해고소식이다. 회사 동료들이 그녀의 복직 대신 보너스를 택하는 투표를 했다는 것이다. 그녀의 수입이 아니면 집세도 내지 못하는 팍팍한 처지다. 남편의 위로에 겨우 용기를 내어 동료에게 전화를 해보지만 뾰족한 수가 없다.

그녀 대신 보너스를 택하도록 한 투표가 실은 강압에 의한 것이었음을 전해들은 산드라는 월요일 아침, 재투표를 치를 수 있도록 사장에게 허락을 받는다. 남은 날짜는 겨우 이틀. 방법은 재투표에서 보너스 대신 그녀의 복직을 선택하도록 동료들을 설득하는 일밖에 없다. 그녀는 용기를 내어 동료들을 한 사람 한 사람 만나기 시작한다.

아직은 너무 여린 그녀, 마음이 한없이 무너졌다가 다시 일어서는 일이 계속 된다. 그러면서 그녀는 그간 일로만 만났던 동료들의 삶을 엿보게 된다. 너나할 것 없이 팍팍하고 힘겨운 일상을 사는 이들이다. 그런 이들에게 보너스를 포기해달라고 말하는 것은 참으로 어렵다.

그녀는 동료들과의 만남을 통해 희망과 절망을 반복한다. 피곤하고 지친 얼굴의 그녀에게, 또한 동료들에게 지워진 짐은 가혹해보인다. 그런데 영화를 보다보면, 조금씩 더 단단해져가는 그녀를 발견하게 된다.

우울증을 겪은 그녀가 동료들과의 한 걸음 더 나아간 만남을 통해 조금은 더 세상 밖으로 나오게 된 때문일까. 그녀의 삶을 가만히 따라가다 보면 모든 것은 결국 자신과의 싸움이라는 진리를 새삼 발견하게 된다. 모든 것은 과정, 중요한 건 자신의 변화라는 사실을 문득 깨닫게 되는 것이다.

툭하면 돌아서서 울기만 하던, 한없이 나약해보이던 그녀, 힘 있는 사람 앞에서 말도 제대로 못하던 그녀가 변했다. 영화의 마지막 장면에서 마침내 자신과의 싸움에서 승리한 그녀의 힘찬 미소를 확인하게 된다.

다시 자살을 생각하게 할 만큼 힘겨웠던 그녀의 이틀, 두 번의 낮과 한 번의 밤(영화의 원제)이다. 이제 그녀는 더 이상 두려운 것이 없는 강한 사람이 되었다.

그러므로 인생에서 실패란 없다. 더욱 단단해져가고 성숙해져 가는 과정이 있을 뿐이다. 그러므로 실패야말로 바로, 내일을 위한 시간인 것이다.

무수한 절망 속에서 가장 단단한 희망 하나를 놓치지 않는, 담백하면서도 인생의 깊이를 느끼게 하는 감독, 다르덴 형제 영화의 맛을 제대로 느낄 수 있는 영화다.

초판 1쇄 2016년 8월 29일
초판 2쇄 2017년 9월 4일
지은이 _ 김은경
펴낸이 _ 김현태
디자인 _ 디자인 창 (디자이너 장창호)
펴낸곳 _ 따스한 이야기
등록 _ No. 305-2011-000035
전화 _ 070-8699-8765
팩스 _ 02- 6020-8765
이메일 _ jhyuntae512@hanmail.net
따스한 이야기 페이스북
https://www.facebook.com/touchingstorypublisher

따스한 이야기는 출판을 원하는 분들의 좋은 원고를
기다리고 있습니다.

가격 12,000원